南 英男

罠の女
警視庁極秘指令

実業之日本社

JN100286

実業之日本社文庫

目次

罠の女　警視庁極秘指令

第一章　熱血検事の死

1

　殺気が伝わってきた。

　背後からだった。乱れた靴音も聞こえる。暴漢が迫ってきたにちがいない。

　剣持直樹《けんもちなおき》は身構え、立ち止まった。

　赤坂のみすじ通りだ。八月上旬のある夜だった。間もなく九時になる。それでも、まだ蒸し暑い。大気は熱を孕《はら》んだまま、澱《よど》んでいた。

　剣持は振り返った。

　視界に段平《だんびら》が映った。鍔《つば》のない日本刀だ。白鞘《しらざや》は見当たらない。暗がりに投げ捨てたのか。

数メートル先で段平を斜め上段に構えた中年男には、見覚えがあった。堅気ではなかった。

先月、三十九歳になった剣持は警察官である。築地《つきじ》署勤務時代に、日本刀を握った男を殺人容疑で逮捕していた。十四年前のことだ。元殺人囚は平岩雅和《ひらいわまさかず》という名で、現在、五十二歳だったか。当時、平岩は銀座一帯を仕切っている暴力団の準幹部だった。

「なんの真似《まね》だっ」

剣持は平岩を睨《にら》んだ。

「てめえのせいで、おれの人生は暗転しちまったんだよ。九年も刑務所《ムショ》暮らしをしてたら、世の中、すっかり変わってた。昔はおれの舎弟だった野郎が若頭《カシラ》になって、こっちは邪魔者扱いさ。それでも、ずっと耐えてきた。けど、もうやってられなくなったんだよ。てめえに仕返ししなけりゃな」

「逆恨《さかうら》みか。あんたは暴力団関係者の入店を断った高級クラブの支配人を短刀《ドス》で刺し殺したんだから、服役するのは当然だろう」

「おれは高飛びできると思ってたんだよ。けど、てめえがおれの愛人《レコ》の家《ヤサ》に踏み込んできやがったんで……」

「おれを恨んだって、仕方ないだろうが！」

「逮捕《パク》られてなかったら、おれはとうに若頭になってたはずだ」

「それはどうかな。あんたは大幹部になれる器《うつわ》じゃない。血の気が多すぎるからな。単細胞《マルタン》じゃ、貫目《かんめ》は上がらないだろう」

「なめやがって！　てめえを叩《たた》っ斬《き》って、おれは刑務所に逆戻りすらあ。もう肚《はら》を括《くく》ったんだ」

「平岩、頭《ペテン》を冷やせ」

「うるせえや！　てめえをぶっ殺してやるっ」

平岩が喚《わめ》いて、段平を構え直した。刀身は七十センチ前後だろう。街灯の光が波形の刃文を浮き上がらせている。

いつの間にか、通行人たちが遠巻きにたたずんでいた。三十人はいそうだ。

「まだ一一〇番しないでください。説得できるかもしれませんので」

剣持は警察手帳を高く翳《かざ》して、野次馬たちに大声で頼んだ。人々は顔を見合わせただけで、誰も口を開かなかった。

平岩が刀身を振り下ろした。

刃風《はかぜ》は高かったが、切っ先は剣持から三十センチも離れていた。段平が引き戻される。

「平岩、生き直せよ」

「てめえ、何様のつもりなんでえ！　ただの刑事《デカ》のくせに、偉そうな口をきくんじゃねえ。おれは堅気《ネス》じゃねえんだ。どう生き直せって言うんだっ」

「足を洗って地道に生きるんだな」

「背中に弁天小僧の刺青《スミ》しょって、小指飛《エンコ》ばしてる男を雇ってくれる工場や商店があるかよっ。あん？」

「すぐに雇ってくれる会社は見つからないかもしれないが、根気強く探せば……」

「他人事《ひとごと》だと思いやがって！　おれは絶対にてめえを殺《や》る！」

「殺《や》れるかな」

剣持は不敵な笑みを浮かべて、数歩退《さ》がった。

次の瞬間、平岩が段平を薙《な》いだ。白っぽい光が揺曳《ようえい》する。

剣持は軽やかにバックステップしただけだった。

職業柄、犯罪者に刃物を振り回されたことは一度や二度ではない。幾度か、銃口も向けられた。恐怖で身が竦《すく》むようなことはなかった。

刀身が平岩の手許《てもと》に引き戻された。段平はすぐに上段に掲げられた。平岩の目は血走っていた。

剣持は先に仕掛けることにした。

大きく踏み込んで、素早く後退する。フェイントだ。案の定、平岩が鍔のない日本刀を勢いよく振り下ろした。空気が縺《もつ》れる。刃風が剣持の耳を撲《う》った。刃先が路面に当たり、無機質な音をたてる。火花は散らなかった。平岩の体勢は崩れ、いかにも不安定だった。

反撃のチャンスだ。

剣持は前に跳《と》んだ。平岩の睾丸《こうがん》を蹴り上げる。平岩が呻《うめ》きながら、屈《かが》み込んだ。段平は握ったままだった。剣持は、平岩の右腕を蹴り込んだ。二の腕のあたりだった。段平が手から零《こぼ》れる。

「生き直す気があるんだったら、大目に見てやろう。リセットしたければ、早く逃《フ》げ《ケ》るんだな」

「カッコつけんじゃねえや！」

平岩が股間に片手を当てつつ、段平に目をやった。剣持は日本刀を遠くに蹴り、平岩を組み伏せた。

利き腕を捩上《ねじあ》げたとき、人垣が左右に割れた。白黒パトカーと覆面パトカーが走ってくる。平岩が忌々《いまいま》しげに拳《こぶし》で路面を叩いた。

三台の警察車輛《しゃりょう》が相前後して停《と》まった。赤坂署の制服警官と刑事たちが次々に駆け寄ってくる。六人だった。

剣持は同業であることを明かし、事の経緯を語った。

平岩は黙秘権を行使し、犯行を認めようとしない。事情聴取が長引きそうだ。

「実は、九時に近くの和食レストランで人と会うことになってたんですよ」

剣持は、四十年配の刑事に言った。

「もう九時十八分過ぎですね」

「ええ。目撃者が大勢いるんで、そのうち平岩は全面自供するでしょう。とりあえず銃刀法違反で、赤坂署に平岩を連行してください。必要なら、いつでも再事情聴取に応じますよ」

「わかりました。引き取っていただいても結構です。ありがとうございました」

相手が敬礼した。職階は一つ下の警部補だった。

剣持は警察官たちに目礼し、恋人の別所未咲《べっしょみさき》の待つ和食レストランに向かった。

未咲は三十三歳の美人弁護士だ。知り合ったのは去年の十二月上旬だった。

その夜、剣持は新橋の赤レンガ通りを歩いていた。

そのとき、後方で女性の悲鳴が響いた。剣持は反射的に体ごと振り返った。知的な面《おも》差《ざ》しの美女が無灯火の黒いＲＶ車に撥《は》ねられかけていた。それが未咲だった。

剣持は未咲に走り寄り、道端に退避させた。

RV車は慌てて脇道に逃げ込んだ。数日後、剣持は偶然にも恵比寿《えびす》の外資系ホテルのロビーで美しい弁護士と再会した。

未咲は先夜の礼をしたいと、剣持を館内のグリルに誘った。グラスを重ねているうちに、すっかり打ち解けた。ひょんなことから、その日のうちに二人はベッドで肌を重ねることになった。

それ以来、親密な間柄を保っている。剣持は、代々木上原《よよぎうえはら》にある自宅マンションのスペアキーを未咲に預けてあった。週に何度か、彼女は剣持の部屋に泊まっている。

剣持は東京の深川《ふかがわ》で生まれ育った。典型的な下町っ子だ。

ぶっきら棒だが、情《じょう》には脆《もろ》い。誰かが何かで困っていると、つい世話を焼きたくなる。

権力や権威にひざまずくことを最大の恥だと考えていた。粋を尊《たっと》び、野暮を嫌う傾向があった。

生家は材木問屋である。

家業を継いでいるのは兄だった。父は八年前に他界し、母親は兄夫婦と同居している。

剣持は次男だ。二人だけの兄弟だった。兄とは三つ違いだ。

剣持は都内の有名私大の法学部を卒業し、警視庁採用の一般警察官《ノンキャリア》になった。

別に大層な志望動機があったわけではない。平凡な勤め人にはなりたくなかっただけだ。幼いころから正義感は強かったが、妙な気負いはなかった。正義を振り翳す輩《やから》は、どこか偽善者臭い。剣持は、そうしたタイプの人間は苦手だった。真の好漢は照れ隠しに、悪人ぶるものだ。決して人格者ぶらない。

剣持は一年間の交番勤務を経て、刑事に昇任された。そして、池袋署刑事課強行犯《きょうこうはん》係に転属になった。

交番詰めのころに数々の手柄を立てたことが評価されたようだ。制服嫌いな剣持は、刑事志望だった。素直に喜んだ。

その後、剣持は築地署、高輪《たかなわ》署と移った。本庁捜査一課第五強行犯捜査殺人犯捜査第七係に抜擢《ばってき》されたのは、二十七歳のときだった。スピード出世と周囲の者たちに羨《うらや》ましがられたが、当の本人には出世欲はなかった。

剣持は一貫して殺人事案《じあん》に携《たずさ》わり、三年三カ月前に第三強行犯殺人捜査第五係の係長になった。

主任のころに警部に昇進していたとはいえ、まだ三十六歳になったばかりだった。その若さで係長になるケースはそれほど多くない。

係長になって一年ほど過ぎたころ、剣持は担当管理官に食事に誘われた。その上司は、威張り腐った警察官僚《キャリア》だった。最も嫌いなタイプだ。

そんな上司が深々と頭を下げ、耳を疑うような話を切り出した。親しい友人が引き起こした傷害致死事件を迷宮入りにしてくれないかと口にしたのである。真顔だった。

担当管理官の二十年来の友達は親しい仲のクラブホステスと痴話喧嘩《げんか》をした際、相手を強く突き飛ばして脳挫傷《のうざしょう》を負わせてしまった。その女性は数日後に息を引き取った。

剣持は、上司の親友を傷害致死容疑で検挙する段取りを整えていた。当然ながら、担当管理官の頼みにはうなずかなかった。

剣持は何か悪い予感を覚えたが、毅然《きぜん》と拒んだ。裁判所に逮捕状を請求する直前、上司の後ろ楯《だて》の警察庁幹部から剣持に圧力がかかった。せめて上司の友人を過失致死容疑にしてやれと仄《ほの》めかされた。その罪名なら、刑罰が少し軽くなる。

剣持は、理不尽な示唆《しさ》に憤《いきどお》りを覚えた。だが、相手はキャリアだ。

巨大な組織を支配しているのは六百数十人の警察官僚である。彼らの権力は、驚くほど強大だ。癪《しゃく》だが、まともには太刀《たち》打ちできない。

剣持は苦肉の策として、キャリアの圧力に屈した振りをした。しかし、土壇場でうっちゃりを打った。

剣持は捜査一課の参謀である硬骨な理事官の許可を得て、担当管理官の親友を傷害致死容疑で逮捕した。ノンキャリアにもそれなりのプライドがあり、意地もあった。茶坊主には成り下がりたくなかった。

剣持は自分の信念を貫いた。

しかし、その代償は大きかった。上司と警察庁首脳を騙《だま》した恰好《かっこう》の剣持は、次の人事異動で本庁交通部運転免許本部に飛ばされた。それも、平《ひら》に降格だった。露骨な報復人事だが、あえて不服は申し立てなかった。

剣持は転属先で、黙々とノルマをこなした。むろん、士気は下がりっ放しだった。それでも、依願退職する気はなかった。そうしたら、元上司たちの思う壺《つぼ》ではないか。

左遷されて、ストレスは溜《た》まりに溜まった。剣持は夜な夜な飲んだくれ、ホステスや娼婦《しょうふ》たちと戯《たわむ》れた。虚しい日々がつづいた。

そんなある晩、捜査一課長の鏡《かがみ》恭太郎《きょうたろう》と二階堂泰彦《にかいどうやすひこ》理事官が打ち揃《そろ》って剣持の自宅マンションを訪れた。どちらも職階は警視正だ。

いったい何事なのか。剣持は居住《いず》まいを正して、鏡課長に来訪の目的を訊《たず》ねた。

と、鏡は予想外のことを打ち明けた。非公式に捜査一課別室極秘捜査班を結成し、第一期捜査では落着させられなかった捜査本部事件や未解決事案をチームメンバーに解決させるという。警視総監、副総監、刑事部長はすでに承認しているという話だった。

まとめ役の班長は、二階堂理事官が兼務することが決まっているらしい。極秘捜査班の刑事部屋として、西新橋三丁目にある雑居ビルのワンフロアを借り上げたそうだ。

剣持は、現場捜査チームの主任にならないかと打診された。

チーム入りしたら、本庁総務部企画課に異動させる手筈《てはず》になっているらしい。要するに、カモフラージュ人事だ。

剣持は二つ返事で引き抜きに応じた。

殺人犯捜査に復帰できるなら、俸給は下がってもかまわない。とにかく、一日も早く現場捜査に戻ることを願っていた。

こうして剣持は、二年三カ月前に極秘捜査班の主任になったわけだ。三人の部下は、それぞれ個性が強い。枠には収まらない異端ぶりで、どのセクションでもはぐれ者扱いされていたようだ。

だが、刑事としては三人とも有能だった。頼りになる存在だ。最初の一、二カ月こそどこかぎこちなかったが、いまチームワークに乱れはない。

剣持たち四人は、これまでに十件以上の難事件の真相を暴いた。

しかし、チームの活躍ぶりが公にされたことは一度もない。剣持たちメンバーは、あくまでも黒子に徹している。そのことで、不平や不満を洩《も》らす者はひとりもいなかった。

ほどなく剣持は、目的の和食レストランに着いた。

割烹《かっぽう》風の店構えで、風情《ふぜい》がある。和服姿の女性従業員が笑顔で迎えてくれた。全席、個室だった。

剣持は従業員に導かれ、店の奥に向かった。二人だけのデートではなかった。

個室席には、別所未咲の大学の後輩である藤巻真澄《ふじまきますみ》もいるはずだ。真澄は美人弁護士の一学年後輩と聞いている。現役で大学に入ったとすれば、三十二歳だろう。

真澄の夫の藤巻修平《しゅうへい》は七月五日の夜、大崎署管内で何者かに金属バットで撲殺されてしまった。享年《きょうねん》三十七だった。若死にも若死にである。

藤巻修平は、東京地検特捜部経済班の敏腕検事だった。しかし、仕組まれた罠《わな》に嵌《は》められて少女買春の疑いを持たれてしまった。

熱血検事は不起訴処分になったのだが、職場で一カ月の停職処分を科せられた。検察官が検挙されたことが問題視され、ペナルティーを与えられたのだろう。殺害されたのは停職中だった。

大崎署に設置された捜査本部には、本庁捜査一課殺人犯捜査第三係の十四人が出張《でば》った。彼らは所轄署の強行犯係たちと協力し合って、聞き込みを重ねた。

だが、第一期の一カ月以内に犯人を絞ることはできなかった。その時点で大崎署の刑事たちは捜査本部を離脱し、おのおの自分の持ち場に戻った。

第二期から本庁殺人犯捜査第六係の面々が追加投入され、第三係のメンバーと一緒に捜査に励んでいる。しかし、まだ重要参考人は捜査線上に浮かんでいない。

未亡人が焦《じ》れるのは無理ないだろう。真澄は大学の先輩の未咲を介して、剣持に非公式に亡夫の事件を調べてほしいと頼み込んできたのだ。まだ返事はしていなかった。

「別所さまがご予約された席は、こちらでございます」

女性従業員が、奥まった場所にある個室席の前で歩みを止めた。

剣持は短い言葉で相手を犒《ねぎら》った。女性従業員が下がる。

「大変遅くなりました。失礼します」

剣持は名乗ってから、個室席の引き戸を開けた。

素木《しらき》の趣《おもむき》のあるテーブルの左側に、未咲と藤巻真澄が並んで腰かけていた。壁側にいるのは真澄だった。未咲に引けを取らないほどの容姿だ。色白で、気品があった。

「すっかりお待たせして、申し訳ありません」

「いいえ。こちらこそ、ご無理を申しまして……」

真澄が腰を浮かせ、折り目正しく挨拶《あいさつ》した。チャコールグレイの麻のスーツが似合っている。ブラウスは純白だった。

卓上には、二人分の緑茶しか置かれていない。

「先に食事をしてくれてればよかったのに」

剣持は未咲に言って、彼女と向かい合う位置に腰を落とした。真澄も坐《すわ》る。

「真澄があなたが来るまで待ちたいと言ったのよ」

未咲がそう言い、備え付けの呼び鈴を押した。

待つほどもなく、さきほどの女性従業員がやってきた。未咲がビールと創作懐石コースを注文する。従業員が遠のくと、藤巻真澄が剣持に顔を向けてきた。

「四十九日の納骨までには、なんとか亡くなった夫を成仏《じょうぶつ》させてあげたいんです。ですので、それまでになんとしてでも犯人を……」

「お気持ちはよくわかります」

「藤巻が家出少女をお金で買うなんてことは考えられません。気の優しい夫は、若いやくざに売春を強《し》いられていると救いを求めてきた十七歳の少女の作り話をすっかり信じて、渋谷円山町《まるやまちょう》のラブホテルに入ってしまったのでしょう」

「未咲、いや、別所さんから聞いた話によると、ご主人をラブホテルに誘い込んだ娘《こ》は全裸になって……」

「強引に夫のスラックスとトランクスを脱がせようとしたらしいんですよ。二人が揉《も》み合っている最中に、ホテルの女性従業員がマスターキーを使って部屋に入ってきたそうです。その彼女の後ろには、渋谷署の地域課のお巡りさんが二人いたという話でした」

「当然、ご主人は東京地検の検事であることを告げて事情を説明したんでしょ？」

剣持は確かめた。

「ええ、もちろんです。ですけど、警官たちは少女の話を一方的に信じたようです。それで、夫を力ずくで渋谷署に連行したんだそうです」

「ひどい話よね」

未咲が口を挟んだ。剣持は相槌《あいづち》を打った。

「そんなことで、藤巻は停職処分を受ける羽目になったんです。おそらく夫は内偵捜査中の対象者か、過去の検挙者あたりに逆恨みされたのでしょう」

「奥さん、ご主人に脅迫状が届いたことは？」

「ありません。自宅に脅迫電話がかかってきたこともないですね」

「そうですか」

「夫を陥れたのは犯罪者だったんだと思われます。藤巻を騙した自称リカって娘《こ》がラブホテルから逃げてなかったら、もっと早く加害者を割り出せたんでしょうけど」

真澄がうなだれた。

そのすぐ後、ビールと先付《さきづけ》が届けられた。未咲が三つのグラスにてきぱきとビールを注《つ》ぐ。三人はビアグラスを軽く掲げ、思い思いに喉《のど》を潤《うるお》した。剣持は先付の百合根《ゆりね》にも箸《はし》をつけた。

「剣持さんが捜査一課に長くいらっしゃったことは、別所先輩からうかがいました。いまは総務部企画課にいらっしゃるそうですが、以前の同僚や部下の方たちから夫の事件の捜査情報は入手できますでしょ？」

「ま、少しはね」

「それでしたら、剣持さん、事件の真相を突きとめていただけませんでしょうか」

「直樹さん、わたしの後輩の力になってあげて」

未咲が真澄の語尾に言葉を被《かぶ》せた。真澄が縋《すが》るような眼差《まなざ》しを向けてくる。俠気《おとこぎ》が膨《ふく》らみはじめた。

「どうかお願いします」

「真相に迫れるかどうかわかりませんが、個人的に少しご主人の事件を調べてみましょう」

剣持は頼みごとを受け入れた。すると、急に真澄が涙ぐんだ。

タイミングよく創作懐石料理が運ばれてきた。量は少なかったが、旬《しゅん》の食材を活《い》かした手の込んだ料理だった。十品ともうまかった。

デザートの桃のシャーベットが届けられると、未咲が手洗いに立った。レジに向かったのかもしれない。剣持はそう感じたが、あえて未咲を追わなかった。自分が三人分の勘定を払ったら、未咲の立場がなくなるだろう。

剣持は真澄と雑談を交わしはじめた。

未咲が席に戻ってきたのは数分後だった。剣持の勘は正しかった。真澄は未咲が支払いを済ませたと知ると、しきりに恐縮した。

三人は店を出た。剣持は和風レストランの前で藤巻真澄と別れると、恋人の耳許で囁《ささや》いた。

「なんか飲み足りないな。久しぶりにホテルのバーで飲んで、ついでに部屋を取るか。場所が違うだけで、どっちも燃え上がれそうだからな」

「知らない……」

未咲が恥じらい、ごく自然に腕を絡《から》めてきた。二人は雑沓《ざっとう》を縫いはじめた。

体を繋《つな》ぐ。

正常位だった。恋人の秘めやかな部分は、しとどに潤《うる》んでいた。それでいて、密着感が強い。

剣持は腰を躍《おど》らせはじめた。

2

六本木エクセレントホテルの十階の一室だった。あと数分で、午前七時になる。殺害された検事の未亡人と赤坂の和食レストランで会った翌朝だ。

剣持たち二人はタクシーで六本木のホテルに乗りつけ、バーに直行した。

バーは落ち着いた雰囲気で、ＢＧＭのジャズも控え目だった。大人のカップルが多かった。

剣持と未咲はカウンターに並んでグラスを重ねた。

カクテル好きの未咲は、最初にブルーレディーを注文した。ブルーキュラソーとドライジンがベースになったカクテルだ。それにレモンジュースと卵白を加えてシェイクした中口《ちゅうくち》だが、アルコール度数は十七度とやや低い。

剣持は一杯目からスコッチ・ウイスキーのロックにした。選んだ銘柄はオールドパーだった。未咲はブルーレディーを飲み干すと、次はホワイトスパイダーをオーダーした。ウォッカにペパーミントホワイトを配したカクテルで、アルコール度数は三十度だ。美人弁護士は三杯目にスティンガーを選んだ。ブランデーベースで、三十二度とアルコール度数は高い。

剣持はロックを二杯空《あ》けると、バーからフロントに回った。ツインベッドの部屋を取り、バーに戻る。

未咲は二杯目のスティンガーを水のように飲んでいた。担当している民事訴訟の弁護がうまく運んでいないのか。

未咲は、人権派弁護士として知られた川端道人《かわばたみちと》が代表者を務める法律事務所《ローファーム》の若手だった。彼女の先生筋《すじ》に当たる川端は数々の冤罪《えんざい》の弁護を引き受け、無罪判決を勝ち取ってきた。六十三歳の硬骨漢は、マスコミにしばしば登場していた著名人だ。

しかし、いま人権派弁護士は禅寺で修行中の身である。川端は去年の十二月にある事件の裁判で勝訴したくて、禁じ手を使ってしまった。法的には問題はなかったのだが、倫理的には慎むべきだったろう。

高潔な川端はそのことを恥じ、自分には法律家の資格はないと思い詰めた。そして妻の同意を得て、仏門に入ったのだ。

しかし、弟子たちは川端の復帰を望んで、法律事務所を運営している。実績のあるローファームの依頼件数は少しも減っていないらしい。そのうち川端は復帰するのではないだろうか。

未咲はスティンガーをたてつづけに四杯飲むと、カウンターに突っ伏してしまった。剣持は酔い潰《つぶ》れた恋人を抱きかかえ、十階の部屋に運んだ。

未咲を片方のベッドに横たわらせ、衣服を緩《ゆる》めてやった。すぐに彼女は寝息を刻みはじめた。予想外の流れになってしまったものだ。

剣持は微苦笑して、抜き足でバスルームに向かった。静かにシャワーを浴び、部屋のメインライトを消した。恋人は寝入っていた。

剣持は、もう片方のベッドに潜《もぐ》った。

少し経《た》つと、眠りに落ちた。胸に圧迫感を覚えたのは午前二時過ぎだった。なんと全裸の未咲が覆《おお》い被さっていた。

彼女は酔い潰れてしまったことを詫《わ》びると、すぐに剣持の唇を貪《むさぼ》った。舌を絡め合う。ディープキスが男の欲情をそそった。

剣持は、ふだんよりも情事に没頭した。未咲も情熱的に応えた。二人はひとしきり口唇愛撫《あいぶ》を施《ほどこ》し合い、幾度も体位《ラーゲ》を変えた。

未咲は羞恥心《しゅうちしん》を覗《のぞ》かせながらも、アクロバチックな体位にも応じた。それが新鮮だった。二人は獣のように求め合い、一緒にゴールに駆け込んだ。

余韻《よいん》を汲《く》み取り、そのまま眠りについた。どちらも官能の炎が燃えくすぶっていたのか、午前六時過ぎには相前後して目覚めてしまった。

じゃれ合っているうちに、剣持の下腹部は熱くなった。未咲の喘《あえ》ぎも、なまめかしい呻《うめ》き声に変化していた。ふたたび二人は一つになった。

剣持は未咲の唇と痼《しこ》った乳首を交互に吸いつけながら、少しずつ律動を速めた。六、七度浅く突き、一気に深く分け入る。奥に沈むたびに、未咲は切なげな声を洩らした。剣持は腰に捻《ひね》りも加えた。

二人はリズムを合わせながら、極《きわ》みをめざした。

剣持は、腰の周辺に快感の漣《さざなみ》が集まるのを鮮やかに自覚した。甘やかな痺《しび》れを伴《ともな》った快感が背筋を駆け上がっていく。

未咲の裸身が徐々に縮まりはじめた。エクスタシーの前兆だ。剣持は突きまくった。

やがて、爆《は》ぜた。射精感は鋭かった。ほんの一瞬だったが、脳天が白濁《はくだく》した。

頭の中が霞《かす》んでいるうちに、未咲もクライマックスに達した。彼女はスキャットめいた声を発しながら、リズミカルに全身を硬直させた。

ペニスは、きつく締めつけられていた。未咲の内奥《ないおう》は緊縮し、規則正しく脈打っている。悦《よろこ》びのビートだ。

二人は後戯を忘れなかった。男のセックスは射精で終わると言ってもいいが、剣持は惚《ほ》れた相手にはとことん尽くす。

時間が流れ、二人は離れた。

未咲が素肌に白いバスローブを羽織《はお》り、浴室に向かった。剣持は腹這《はらば》いになって、セブンスターをくわえた。情事の後の一服は、いつも格別にうまい。紫煙をゆったりとくゆらせる。剣持は煙草《たばこ》の火を消すと、仰向《あおむ》けになった。

極秘捜査班のメンバーは出動指令がなければ、毎日が非番と同じだ。本庁の総務部企画課に顔を出す必要もなければ、チームのアジトに行くことも義務づけられてはいない。

それでも剣持たち四人のメンバーが殉職した場合、遺族に五千万円の弔慰《ちょうい》金《きん》が支払われる。ただし、俸給のほかに危険手当の類《たぐい》が付くわけではなかった。

年間の実働日数は、せいぜい百数十日だ。割はよかった。

藤巻修平殺害事件を個人的に調べる時間はたっぷりある。しかし、二階堂理事官に捜査資料を取り寄せてもらうわけにはいかない。

どうしたものか。大崎署刑事課に知り合いはいなかっただろうか。剣持は記憶の糸を手繰《たぐ》った。

特に親しくはなかったが、警察学校で同期だった網代誠吾《あじろせいご》が強行犯係の主任を務めている。

「あいつから情報を引っ張るか」

剣持は声に出して呟《つぶや》き、また煙草に火を点《つ》けた。

二本目のセブンスターを喫《す》い終えて間もなく、未咲がバスルームから戻ってきた。バスローブのベルトをきちんと結んでいる。

「先にシャワーを浴びさせてもらっちゃって、悪いわね」

「気にすることないよ。ホテルから職場に行くんなら、おれがシャワーを浴びてる間にルームサービスを頼んでくれないか。コーヒーとビーフサンドなら、すぐ部屋に届けてくれるだろう」

「きのうと同じ服装でローファームに行ったら、どこかにお泊まりしたことがバレバレでしょ？」

「そうだな」

「直樹さんの部屋には洋服や靴を数点ずつ置かせてもらってるから、外泊しても職場に行けるけどね。いったん恵比寿の自宅マンションに戻って、それから職場に行くわ。直樹さんはどうする？」

「きみと一緒に部屋を出るよ。ルームサービスはどうする？」

「まだ食欲がないから、わたしはコーヒーもいいわ」

「おれも食欲がないな。シャワーを浴びたら、チェックアウトしよう」

「昨夜《ゆうべ》は酔っ払っちゃって、ごめんなさい。わたし、仕事面では負けず嫌いだから、原告を勝たせてやりたかったの。依頼人は投資詐欺に引っかかって、退職金の大半を騙し取られちゃったのよ。ひどい目に遭《あ》ったんだから、和解で手なんか打ちたくなかったの」

「和解に持ち込めるんだったら、全面敗訴ってわけじゃないよな？」

剣持は言った。

「そうね。でも、カナダの水産会社に投資するなんて話はまったくの嘘《うそ》だったのよ。被告側の会社は嘘の投資話で全国から二十数億円も集めて、最初の数カ月だけ配当金を出資者にリターンさせてただけで……」

「残りの投資金を詐取《さしゅ》してたんだ？」

「そうなのよ。被告側は顧問弁護士を通じて和解を申し入れてきたんだけど、投資家から集めたお金の二割程度しか残ってないの。被告側の代表取締役が運用金の約七割をデリバティブに注《つ》ぎ込んで損失させちゃったのよ」

「それじゃ、投資詐欺に引っかかった人たちには少額しか返却されないな」

「そうなのよ。だから、和解に応じても被害者はたいして救われないの。被告側に資産があるわけじゃないんでね」

「投資詐欺の主犯格を刑務所に送っても、出資者に金がまったく戻らないんなら、勝訴しても依頼人にはメリットがあるわけじゃないな」

「ええ、そうなのよ」

「弁護士としては白黒をはっきりとつけたいんだろうが、考えようなんじゃないか。和解や示談は一歩譲った形になるが、投資した人たちには幾らか金が戻る。依頼人は、そのほうがありがたいと思うがな」

「よく考えてみれば、直樹さんの言った通りよね。わたしは勝訴に拘《こだわ》ってばかりいたけど、依頼人のことを考えると、和解は必ずしも敗北じゃない」

「言葉の遣《つか》い方が間違ってるかもしれないが、負けるが勝ちなんじゃないのか。それはそうと、きみの後輩に頼まれた件は早速きょうから調べてみるよ」

「強引に直樹さんに頼んでしまったけど、わたし、真澄の気持ちがよくわかるの。ご主人は、まだ三十七だったのよ。あまりにも若すぎる死でしょ?」

「そうだな。遺族なら、せめて納骨の日までには犯人が逮捕されてほしいと願うだろうな。藤巻検事をラブホテルに巧《たく》みに誘い込んだ自称リカを見つけ出せば、罠を仕掛けた張本人はわかるはずだ」

「リカって家出少女が真澄のご主人に言ってたことがどこまで本当の話かわからないけど、何か手がかりは得られるでしょうね。リカに売春を強要したという若いやくざが実在するのかどうかはわからないけど」

「そうだな」

「直樹さん、シャワーを浴びて」

未咲が促した。

剣持はベッドを降り、バスルームに足を向けた。頭から熱めの湯を浴び、全身にボディーソープの泡を塗りたくる。

股間を洗っていると、情交場面が生々しく脳裏に蘇《よみがえ》った。明らかに未咲は、ふだんよりも乱れた。熟れた肢体《したい》を惜《お》しげもなく晒《さら》し、剣持を強く求めた。たまには情事の場所を変えたほうがよさそうだ。

剣持はバスルームを出ると、手早く衣服を身にまとった。すでに未咲は身繕《みづくろ》いを終え、薄化粧もしていた。寝不足のはずだが、いつものように息を呑《の》むほど美しい。

二人は部屋を出て、一階ロビーに降りた。

剣持は未咲をソファに坐らせ、フロントに急いだ。前夜のうちに一泊分の保証金を預けてあった。カードキーと引き換えに、数千円の釣り銭を受け取る。

二人はホテルの前でタクシーに乗り込んだ。

剣持は先に未咲を自宅マンションに送り届け、代々木上原の塒《ねぐら》に戻った。借りているマンションは、小田急線代々木上原駅から徒歩五分の場所にある。間取りは2LDKだった。

剣持は軽装に着替え、居間の長椅子《ながいす》に寝そべった。

正午少し前にコーヒーを淹《い》れ、ハムエッグをこしらえた。バターをたっぷりと塗ったトーストも胃袋に収めた。

剣持はブランチを摂《と》ると、洗面所に入った。

歯を磨き、髭《ひげ》を剃《そ》る。身支度をすると、すぐに部屋を出た。真昼の陽射《ひざ》しは強烈だった。少し歩いただけで、じっとりと汗ばんでくる。

剣持は最寄《もよ》りの私鉄駅から新宿に出て、山手線に乗り換えた。大崎駅で下車し、網代誠吾の所属警察署に向かう。

捜査本部は、庶務班、鑑識班、凶器班、捜査班、予備班などに分かれている。捜査班の面々は聞き込みに回っているだろうが、予備班のメンバーは捜査本部に残っているにちがいない。署内に長くいたら、怪しまれそうだ。網代とは外で話し込んだほうがいいだろう。

大崎署に着いた。

剣持は首の汗をハンカチで拭《ぬぐ》って、受付カウンターに歩み寄った。警察手帳を女性警察官に見せ、刑事課の網代警部との面会を求める。

幸運にも、網代は署内にいた。

数分待つと、網代が一階ロビーに降りてきた。大柄で、小太りだ。縞柄《しまがら》のポロシャツ姿だった。

「剣持、久しぶりだな。同期の飲み会で会ったのは、去年の十二月上旬だったか」

「そうだったな。網代、ちょっと時間をくれないか」

「知り合いが大崎署の管内《うち》で傷害事件か何か起こしたんだとしても、おれは揉み消しなんかしてやらないぞ」

「相変わらずだな、網代は。そんなんじゃないよ。実はおれ、七月五日に撲殺された藤巻検事と面識があったんだ」

剣持は作り話をした。

「えっ、そうだったのか」

「数年前に国会議員の公設第一秘書が怪死したんだが、汚職隠しの他殺の疑いもあったんだ。それで、特捜部の藤巻さんが情報の提供を求めてきたんだよ」

「そんなことで、剣持は藤巻検事に会ったわけか」

「そうなんだよ。第二期から本庁の殺人捜査六係が投入されたようだが、まだ容疑者は割り出せてないんだってな？」

「ああ。第一期で、大崎署《うち》の連中は本庁の三係の人たちと地取りと鑑取《かんど》りに精を出したんだが、不審者の絞り込みまでには至らなかった。残念だよ」

「おまえは捜査班にいたの？」

「いや、おれは予備班に振り分けられたんだ」

網代が答えた。

予備班は捜査本部に陣取り、各班からの情報を分析している。捜査班や主任を補佐する役目だ。班名は地味だが、容疑者の取り調べを真っ先に行っている。

「おれは総務部企画課に飛ばされたんで、捜一《そういち》から情報を集めにくいんだよ。だから、検事殺しの初動と第一期捜査に関わった網代にいろいろ教えてもらおうと思ったわけなんだ」

「剣持、個人的に本部事件の捜査をする気になったのか!? それはまずいよ。本庁の正規捜査員たちが気を悪くするじゃないか」

「別に出し抜いて手柄を立てたいなんて思っちゃいないんだ。藤巻検事とは会ったことがあるんで、じっとしてられなくなったんだよ」

「猟犬の血が騒いだんだな。刑事《デカ》魂は死んでないってわけか」

「そんな大げさなことじゃないんだ」

「ルール違反だが、おまえに協力するよ。近くの喫茶店に行こう」

「網代、恩に着るよ」

剣持は言って、出入口に向かった。網代の行きつけの喫茶店は大崎署の裏手にあった。昭和時代の名残《なごり》を留《とど》めたレトロな造りだった。ソファやテーブルも年代物だった。客は数えるほどしかいなかった。二人は奥まったボックスシートに落ち着き、ともにアイスコーヒーを注文した。

「事件現場は大崎三丁目の裏通りで、夜間は人通りが少ないんだ。犯人は暗がりに潜んでて、金属バットで被害者《マルガイ》の後頭部をまず一撃してる。それから、倒れ込んだ藤巻検事の頭、首、肩、背中をめった打ちして凶器を持って逃走した」

「凶器は、いまも発見されてないようだな」

「そうなんだ」

「マスコミ報道によると、目撃者もいなかったらしいな？」

剣持は問いかけ、セブンスターに火を点けた。

「そうなんだよ。現場は住宅密集地帯なんで、犯行を見た者が必ずいるはずだと地取り捜査に力を入れたんだが、目撃者《モク》はついに見つからなかった」

「そう。血痕は？」

「犯行現場から五、六メートルは滴下《てきか》血痕が見られたんだが、その先は……」

「犯人《ホシ》は歩きだして間もなく、血塗《ちまみ》れの金属バットをビニール製のケースに入れたんだろうな」

「ああ、多分ね。それから、両方の靴にシューズカバーを嵌めたようなんだ。加害者の足跡《ゲソ》も消えてるんだよ。遺留足跡は二十六センチだった」

「足のサイズから、被疑者《マルヒ》は中背の男と思われるな」

「自分らも、そう睨んだんだ」

網代が言って、上体をソファの背凭《せもた》れに密着させた。ウェイトレスがアイスコーヒーを運んできたからだ。

会話が中断した。剣持は、短くなった煙草の火を灰皿の中で揉み消した。

ウェイトレスが下がった。網代がミルクとガムシロップを一滴も残さずにタンブラーの中に落とした。

「少し糖分を控えたほうがいいんじゃないのか」

「剣持、かみさんと同じようなことを言うなよ。おれたちの仕事は激務だから、糖分は必要なんだ。それはそうと、おまえは二十代のころとちっとも体型が変わらないな」

「おれは、それなりに努力してる」

剣持はアイスコーヒーにほんの少しだけミルクを垂らしたが、ガムシロップの封は切らなかった。

「剣持は、まだ独身《シングル》だからな。体型は気にしたほうがいいよ。おれは六年前に結婚したから、メタボで腹が出てても別に問題ないんだ」

「負け惜しみの強い男だ。そんなことより、藤巻は少女買春の嫌疑をかけられて、渋谷署に連行されたらしいじゃないか」

「そう、六月十六日の夜にな。藤巻検事は渋谷のセンター街で、リカと名乗る十七、八歳の女の子にホテルに行こうってしつこく誘われたみたいなんだ。検事がリカに説教したら、『体で稼がなきゃ、あたし、同棲《どうせい》してる若いやくざに半殺しにされちゃうのよ』

と幼女のように泣きじゃくりだしたらしいんだよ」

「検事は持ち前の正義感から、リカって娘を喰《く》いものにしてるチンピラを懲《こ》らしめる気になったんだろうな」

「そうなんだよ。リカって娘は円山町のラブホテルにヒモ男を誘《おび》き出すと騙して、検事を連れ込んだらしい。そしてリカは素っ裸になると、藤巻検事のスラックスを脱がそうとしたようなんだ」

「罠に嵌まっちゃったんだろうな、藤巻検事は」

「そうなんだろうな。押し問答してると、部屋のドアが開けられて、ホテルの従業員と二人の渋谷署員が……」

「そんなことで、検事は少女買春の疑いを持たれたわけか」

「そうなんだ。不起訴処分になったが、藤巻検事は一カ月の停職処分を科せられた。気の毒な話だよな」

網代が言って、ストローでアイスコーヒーを勢いよく吸い上げた。

「リカはラブホから逃げたのかな？」

「そう。渋谷署員と検事が押し問答してる最中に姿を消して、いまも行方《ゆくえ》がわからないんだよ。渋谷署は家出少女たちにリカのことを訊《き》いたらしいんだが、誰ともつき合いはなかったみたいだな」

「リカと称してた娘《こ》は、家出少女なんかじゃないだろう。誰かに頼まれて、検事を犯罪者に仕立てる協力をしたんじゃないか。多分、若いやくざに売春を強《し》いられてるという話は嘘なんだと思うよ」

「第一期捜査で、捜査班のメンバーは懸命にリカと名乗った少女の行方を追ったんだ。罠を仕掛けた人間が検事を殺したと疑えるからな。しかし、リカは見つからなかった」

「そうか。仕事柄、特捜部検事は犯罪者たちに煙たがられてたはずだ。捜査対象者の中に、本部事件の犯人《ホシ》がいるんじゃないか。過去に検挙した奴らも怪しいな。そういった連中が藤巻検事を逆恨みしてて、犯行に及んだのかもしれないぞ」

「われわれもそう思ったんで、そういう者たちの動きを探ってみたんだよ。本庁の捜査員たちの手前、剣持に詳しい話をすることはできないけどな」

「第二期捜査でも、検事と仕事上で接点のあった人間たちをさらに調べることになるんだろう?」

「その通りだよ」

「難しそうな事件《ヤマ》だな。捜査権のないおれひとりじゃ、犯人捜しは無理かもしれない」

剣持はアイスコーヒーのタンブラーを摑《つか》み上げ、直《じか》に口をつけた。

網代がうなずく。会話が途切れた。

「仕事中に悪かったな」

剣持は卓上の伝票を抓《つま》み上げ、ソファから立ち上がった。

3

事件の痕跡《こんせき》はうかがえない。

路面の血痕は雨で流されたのだろう。品川区大崎三丁目の殺人現場だ。

剣持は、屈《かが》めた腰を伸ばした。網代と別れてから、事件現場に足を運んだのである。

藤巻修平が撲殺されたのは七月五日の夜だ。それから、丸一カ月が経過している。

剣持は遺留品が見つかることを期待していたわけではなかった。犯行現場を自分の目で確かめておくことは、刑事の鉄則だった。

運がよければ、側溝に加害者の遺留品が落ちているかもしれない。

あるいは、思いがけない場所に防犯カメラが設置されている場合もある。民家の窓から、誰かが犯行の一部始終を目撃していた可能性もゼロではないだろう。

警察嫌いは少なくなかった。市民の誰もが捜査に協力的というわけではない。近くに事件の目撃者が住んでいるとも考えられる。

剣持はフリージャーナリストを装って、付近の家々を一軒ずつ訪ね歩いた。

しかし、徒労に終わった。それでも、さほど落胆しなかった。空振りには馴《な》れている。どんな捜査も無駄の積み重ねだ。愚直なまでに粘り抜く。そうした根気が何よりも必要だった。

剣持は大崎駅に向かった。

山手線で新橋に回り、タクシーで霞が関の検察庁合同庁舎に急ぐ。検察庁合同庁舎には、東京区検、東京地検、東京高検、最高検の四つが同居している。一階は事務部門、二階は区検のフロアになっていた。

地検は三～五階を使用し、六階は高検のエリアだ。最高検は七・八階を使っている。東京地検特捜部は四・五階を占め、五階には検事調べ室が並んでいるはずだ。九段庁舎に分室があって、特捜部の何割かの検事が詰めている。

特捜部の人員は百人を超えているが、検事はおよそ四十人しかいない。副検事が二名いて、検察事務官は九十人前後である。人員数は、時と場合によって変わる。

副検事は馴染《なじ》みが薄いが、れっきとした検察官だ。検事になるには司法試験合格後に二年間の司法修習を受けるか、大学で三年間以上、法律学を教えなければならない。

副検事は、司法試験合格者で司法修習を受けていない場合に与えられる資格だ。三年以上の経験のある検察事務官や警部なども審査会の選考に通れば、副検事になれる。

副検事は、いわば検事の予備軍だ。その大半は、交通違反などの行政犯を扱う区検察庁で働いている。三年以上の経験を積んだ副検事は一定のテストに合格すれば、検事に昇格できる。しかし、その数はあまり多くない。

東京地検特捜部のトップは、言うまでもなく部長だ。その下に二人の副部長がいる。いずれも、エリート中のエリートだ。

現在、特捜部は経済班、財政班、特殊直告班の三部分に分かれている。

藤巻検事が属していた経済班は、贈収賄、詐欺、業務上横領、選挙違反などの捜査を担当しているセクションだ。花形として知られている。経済事案担当の財政班や告訴・告発事件を担っている特殊直告班よりも、はるかに注目度が高い。実際、華やかでもある。

検察庁合同庁舎に着いたのは午後四時過ぎだった。

剣持は一階の受付で身分を明らかにして、磯村到《いそむらいたる》特捜部部長との面会を求めた。一面識もなかったが、特捜部のトップの名と顔は知っていた。インテリ然とした容貌《ようぼう》で、五十二歳だった。

「先月に亡くなられた藤巻検事とは親交がおありになったんですよね？」

受付係が確認してから、内線電話をかけた。

剣持は、未亡人の真澄にも会ったことがあると言い添えておいた。夫婦と交友関係があると言っておけば、磯村部長は面会を拒むことはないだろう。

予想通りだった。剣持はエレベーターで四階に上がり、特捜部部長室のドアをノックした。

「どうぞお入りください」

すぐに応答があった。剣持は入室し、姓を告げた。

正面に執務机が据えられ、手前に応接セットが置かれている。磯村が机から離れた。

二人は名刺交換した。

「総務部企画課におられるんだね？」

「ええ。ですが、その前はずっと捜査一課で殺人事案の捜査に携わっていました」

「そう。ま、坐りましょう」

磯村部長が手でソファを示した。剣持は目礼し、深々としたソファに腰を沈めた。

正面に磯村が坐った。

「日本茶よりも、コーヒーのほうがいいでしょうね？」

「どうかお構いなく」

「そうですか。亡くなった藤巻とはどういった……」

「ある居酒屋で四年前にたまたま隣り合わせに坐ったんですよ。年恰好が似てたんで、自然に話し込むことになったんです。それで、お互いの職業を明かし合ってからは、さらに話が弾みました」

剣持は、作り話を喋った。

「検事と刑事は仕事の内容が似かよってるんで、共通の話題が次々に出てきたんだろうな」

「ええ、そうなんですよ。その後も同じ店で顔を合わせるうちに、友達づき合いをするようになったんです。彼は二つ年下でしたが、大人でしたんで、物足りなさは少しも感じませんでした。奥さんの真澄さんにも一度会ったことがあります」

「そうなのか。で、ご用件は？」

磯村が素っ気ない口調になった。年下の警官風情に何も気を遣う必要はないと判断したのだろう。エリートたちの多くは、根の部分で尊大なのではないか。

「異動で捜査畑から外されてしまいましたが、個人的に少し藤巻検事殺害事件のことを調べてみる気になったんですよ。大崎署に設置された捜査本部は第二期目に入ってるのに、まだ重要参考人も割り出してません」

「わたしも捜査に大きな進展がないと聞いて、もどかしさを覚えてるよ。よっぽど警視総監に電話をかけて発破《はっぱ》をかけてやろうかと思ったが、検事総長や次長検事に制止されたんで、桜田門にクレームはつけなかったがね」

「磯村さんがもどかしく思われるのは、当然でしょう。故人は特捜部のエース検事だったのですから」

「藤巻は学校秀才タイプの検察官じゃなかった。順調に出世してきたんだが、ポストになんか拘《こだわ》ってなかったよ。社会の腐敗を命懸けで抉《えぐ》って、犯罪や不正を少しでも減らしたいと日夜、闘ってた。熱血漢だったね、彼は。どんな権力者にもおもねることなく、正義を貫こうとしてた」

「ええ、そうでしたよね」

「といっても、ただの堅物じゃなかったな。同情の余地のある犯罪者には、必ず更生のチャンスを与えてた。それも、これ見よがしのスタンドプレイを演じるんじゃなくてね。さりげない形で温情をかけてたな」

「好漢でしたね、藤巻検事は」

剣持は話を合わせた。

磯村は無言だった。うつむいて、嗚咽《おえつ》を堪《こら》えている。

剣持は意図的《いとてき》に話しかけなかった。何か故人の思い出を喋ったら、特捜部部長は男泣きしそうだった。

「失礼した。ありし日の藤巻の姿が脳裏に次々に蘇ったら、目頭が熱くなってしまって……」

「頼もしい部下を喪《うしな》ったのですから、悲しみとショックはしばらく尾を曳《ひ》くと思います」

「剣持さん、きみに協力しよう」

「ありがとうございます」

「きみが大崎署の捜査本部に加害者を割り出したと連絡したら、角が立つ。犯人がわかったら、わたしに教えてくれないか。わたしから、警視庁の刑事部長に情報を提供する形をとるよ。そうすれば、捜一の三係と六係の捜査員たちは傷つかないだろう。きみも、気まずい思いをしなくても済む」

「そうですね。それはそうと、磯村さんはどんなふうに筋を読まれてるんでしょう？」

「捜査対象者の誰かが、藤巻の口を封じたんじゃないのかな」

「こちらも、そう推測してるんですよ。そうでないとしたら、藤巻検事が起訴して有罪判決を受けた人間が逆恨みしたんでしょうね」

「そういうことも考えられるな。藤巻はコンビを組んでる検察事務官と去年から今年にかけ、三つの事案を並行して内偵捜査中だったんだ」

「コンビを組まれてた検察事務官のお名前を教えていただけますか」

剣持は言った。

「塩沢一輝《しおざわかずてる》という名で、確か三十四歳だったな」

「その塩沢さんは、庁舎内にいらっしゃいます？」

「いると思うな。藤巻たち二人が調べてた事案については、塩沢事務官に説明させるよ」

磯村がソファから立ち上がって、両袖机《りょうそで》に歩み寄った。立ったままで、内線電話をかける。通話が開始された。

「塩沢君、すぐにわたしの部屋に来てくれないか。藤巻君の飲み友達だった警視庁の方が訪ねてこられたんだ」

「…………」

「いや、そうじゃない。犯人が捕まったわけじゃないんだよ。わたしはこれから次長検事室に行かなきゃならないから、きみら二人が内偵してた事案について説明してほしいんだ」

「………」

「藤巻君が使ってた検事室でもかまわないが、会議室にお通ししたほうがいいだろう。え？　来客は総務部企画課の剣持さんだ。以前は捜一にいたんで、個人的に藤巻君の事件のことを調べてみたいんだとおっしゃってる」

「………」

「捜査本部に出向いてる三係と六係の者たちに覚《さと》られないように動いてもらえば、別に問題はないはずだ」

「………」

「剣持さんの非公式捜査のことが問題にされたら、わたしが桜田門に出向いて経緯を説明する。大丈夫だ。きみが心配することはない」

「………」

「次長検事に報告する必要はないだろう。とにかく、わたしは一日も早く藤巻君を殺した奴を見つけ出してほしいと思ってるんだ。ああ、きみも同じ気持ちだろうな。急いで、こっちに来てくれ」

遣《や》り取《と》りが終わった。

磯村が受話器をフックに戻し、剣持の前に坐る。

「塩沢が来たら、同じフロアの反対側にある会議室で話を聞いてもらえるかな？」

「わかりました。アポなしでお邪魔して、ご迷惑だったと思います」

「いや、迷惑なんかしてない。きみの申し出を嬉しく感じたよ。わたしは、いつか藤巻に特捜部を仕切ってもらいたいと考えてたんだ。彼に目をかけてたんだ。藤巻は、それだけの人材だった。惜しい男を喪《うしな》ってしまった。検察庁の損失だね」

「結果はどうなるかわかりませんが、ベストを尽くします」

剣持は誓った。

会話が途切れて間もなく、部長室に塩沢検察事務官がやってきた。

剣持はソファから立ち上がって、自己紹介した。塩沢が名刺を差し出す。剣持も、自分の名刺を相手に渡した。

「塩沢君、後はよろしくな」

立ち上がった磯村が片手を挙げた。剣持は一礼し、塩沢の後から廊下に出た。

導かれたのは、奥にある会議室だった。大きなテーブルを囲む形で十脚の椅子が連なっている。塩沢がテーブルの向こう側に回り、先に剣持を着席させた。それから、自分も椅子に腰かけた。

「磯村部長の話では、あなた方コンビは去年から今年にかけて三つの事案を内偵捜査中だったとか?」

「ええ、そうなんですよ」

「差し障《さわ》りのない範囲で結構ですんで、その事案について教えてもらえますか」

剣持は上着の内ポケットから、手帳を取り出した。塩沢がファイルを開いて、要領よく説明しはじめた。

最初は大手ゼネコン『東都建工』が関東誠仁会《せいじんかい》の石岡忠男《いしおかただお》総長、六十七歳のアメリカでの肝移植手術費用及び滞在費およそ二億円を負担したという事案だった。藤巻検事は、石岡を恐喝容疑で逮捕する気でいたらしい。

ところが、『東都建工』は被害事実を頑として認めなかった。首都圏で四番目に勢力を誇る暴力団に仕返しされることを恐れ、事実を明かせなかったのだろう。

藤巻・塩沢コンビの調べによって、石岡総長の恐喝材料は判明した。『東都建工』は企業の弱みを大阪の浪友会に知られ、企業舎弟の土木会社に架空の工事代金を五億円近く支払わされていたらしい。

二つ目の事案は、信じがたい内容だった。

警視庁警務部人事一課監察の田宮誉《たみやほまれ》主任監察官、四十一歳が警察庁の喜多川直道《きたがわなおみち》首席

監察官、四十六歳と結託して、悪徳警察官や職員たちから多額の〝お目こぼし料〟をせしめていたという。

マスコミではほんの一部しか報じられていないが、毎年三、四十人の警官・職員が懲戒免職になっている。二人の監察官に金品を渡して目をつぶってもらった者が何百人かいて、数百万円ずつ吸い上げられたとしたら、総額は億単位になる。田宮と喜多川は出所不明な金で株や不動産を手に入れていたそうだ。

三つ目は、法務省東京出入国在留管理局の幹部職員船木則文《ふなきのりふみ》、四十七歳が不法滞在外国人女性と日本人男性を偽装国際結婚させて、花嫁側から謝礼を得ていた疑いが濃厚だという。日本人男性のほとんどは失業者か、年金生活者らしい。中には、長期入院中の高齢者もいたという話だ。

「藤巻検事と一緒に調べ上げたことのすべての裏付《ウラ》けは取れてませんが、大筋は間違ってないはずです」

塩沢検察事務官が言った。

「そうですか。三つの事案のアウトラインをうかがって、世の中、悪党だらけなんだと感じました」

「事実、その通りなんでしょうね。大崎署に設置された捜査本部の方にも、藤巻検事とわたしが内偵してた事案をお教えしたんですよ。当然、警察は三つの事案に関わりのある人間を虱潰《しらみつぶ》しに調べてくれたようですが……」

「犯人の特定はできなかったわけか」

「剣持さん、もう一度、捜査対象者を調べ直していただけないでしょうか？　わたしは、その中に検事を金属バットで撲殺した犯人がいると考えてるんですよ」

「根拠があるのかな？」

「いいえ、特に確証があるわけではありません。わたしの直感にすぎないんですが、推測は正しいのではないかと思ってます。三つの事案に絡んでる者は犯罪が立証されたら、それこそ一巻の終わりです」

「そうだね。どいつも破滅だろうな。藤巻検事がこれまでに検挙して実刑を喰らった奴が仮出所後に報復殺人を企《たくら》んだとは考えられないだろうか」

「検事とわたしを逆恨みしてた元受刑者は、おそらく何人かはいたでしょうね。しかし、何か仕返しをして捕まったら、また服役させられるわけでしょ？」

「そうだね。そこまで復讐心を燃やす奴なんかいないか」

「わたしは、そう思います」

「そうかもしれないね。そうそう、藤巻検事は六月十六日の夜、少女買春の疑いで渋谷署に連行されたでしょ？」

「ええ。検事は罠に嵌められたんですよ。リカと自称してた娘《こ》に逃げられてなかったら、藤巻検事は停職処分なんか受けずに済んだのに。渋谷署は家出中だという正体不明の少女の行方を追ったみたいですが、結局、リカを見つけられなかったんです」

「捜査本部も、リカの行方を追ったんだろうな。その娘を使って検事を少女買春の客に仕立てようとした人間が七月五日の殺人事件に関与してる疑いがあるわけだから」

「もちろん、第一期捜査では自称リカを捜しつづけたと聞いてます。しかし、居所は摑めなかったんでしょう。リカが何者かわかれば、撲殺事件の加害者の見当がつくはずですからね」

「そうだな。とにかく、少し動いてみますよ。いろいろありがとう！」

剣持は手帳を閉じ、懐《ふところ》に突っ込んだ。

4

香ばしい匂いがあたり一面に漂っている。

日比谷のガード下の通称〝焼き鳥横丁〟だ。剣持は、ガードのほぼ真下にある店の円《まる》椅子《いす》に腰かけていた。枝豆を抓みながら、ビールのジョッキを傾けている。

午後五時を過ぎたばかりだが、ほぼ満席だった。

サラリーマンの姿が目立つが、若い女性客も混じっている。近くの帝国ホテルに宿泊していると思われる白人の老カップルも、白い煙に塗れていた。

剣持は検察庁合同庁舎を出ると、旧知の本庁機動捜査隊の菊地等《きくちひとし》主任に電話をかけた。一つ年下で、何かと話が合う。予想した通り、菊地は藤巻殺しの初動捜査に携わっていた。そこで、剣持は菊地から情報を引き出すことにしたのだ。

「お待たせしました」

菊地が言いながら、駆け寄ってきた。

「忙しいとこを悪いな」

「いいえ。剣持さんが藤巻検事と面識があったとは知りませんでしたよ」

「飲み友達だったんだ。ま、坐ってくれ」

剣持はもっともらしく言って、菊地を椅子に腰かけさせた。ビールと焼き鳥セットを注文する。

客同士は肩が触《ふ》れそうだったが、それぞれが連れと話に熱中していた。特に声を潜める必要もなさそうだ。

「七月五日の事件の初動のとき、検事の停職理由も知ったんだよな。藤巻を罠《ヤマ》に嵌めたと考えられる自称リカの行方も追ったんだろう？」

「もちろんですよ。事件の鍵を握る娘《こ》と考えられましたんでね。リカが検事を誘い込んだ渋谷のラブホテル『パトス』に行きました。ホテルの従業員の話によると、リカは初めての客だったらしいんです」

「円山町の別のホテルはしばしば利用してたんだろうか」

「一帯のホテルをすべて当たったんですが、六月十六日以前はどこも利用してませんでした。リカは検事に同棲してる若い組員に売春を強要されてると言ったようですが、それは事実じゃなかったようです。渋谷界隈《かいわい》で体を売ってもいなかったんだと思いますよ」

　菊地が急に口を閉じた。若い男性従業員がビールと焼き鳥セットを運んできたからだ。

「どんどん飲《や》ってくれ。それから、好きなつまみも頼んでくれよ」

「ええ、いただきます」

　二人はジョッキを軽く触れ合わせた。

「リカと名乗った謎の少女は、藤巻を逆恨みしてる人間の娘だったんだろうか」

「自分もそう考えたんで、検事が過去に起訴した連中の血縁者をチェックしてみたんですよ。しかし、該当《がいとう》する年代の血縁者はいませんでした」

「そう」

「もしかしたら、リカは少女売春クラブに所属してたのかもしれません。渋谷にはその類《たぐい》の売春組織はありませんでしたから、別の盛り場周辺でリカは体を売ってるんでしょう」

「新宿、赤坂、六本木、池袋あたりには少女売春クラブがありそうだな」

「それが意外にもなかったんですよ。暴力団が管理してる秘密売春組織は七つほどありましたが、リカはどこにも所属してませんでした。デリバリーヘルス嬢だったとも考えられますね」

「そうなのかもしれないな。風俗店はチェックしたのか？」

「大崎署の捜査員が風俗嬢をチェックしたんですが、リカはどの店にもいなかったそうです」

「そうか。まだ一度も摘発されたことがない少女売春クラブがあって、リカはそこに所属してるのかもしれないぞ。それで、ロリコン野郎たちに抱かれてるんじゃないだろうか」

「十代の女の子とナニしたがってる男が割にいるようですから、少女売春クラブは想像以上に多いんでしょう」

　菊地が言って、ハツから食べはじめた。

「実は、藤巻検事とコンビを組んでた検察事務官に会ってきたんだよ」

「塩沢検察事務官には、自分も会いました」

「それなら、検事たちコンビが去年から今年にかけて三つの事案を並行して内偵してたことも知ってるな?」

「ええ。『東都建工』から約二億円を脅し取った関東誠仁会の石岡総長が最も臭いと睨んだんですが、どうも検事殺しにはタッチしてないようだったんですよ」

「そうか。石岡総長は、大阪の浪友会の企業舎弟《フロント》の土木会社に『東都建工』から五億近い架空工事代が支払われてる事実を恐喝材料にして、肝移植手術及び滞在費をせしめたようだな」

「そうなんですよ」

「浪友会は、『東都建工』のどんな弱みを握ったんだ?」

「『東都建工』は暴力団の息のかかった土木会社九社を公共事業の二次下請けに指定し、さらに東北被災地の除染作業員派遣で大幅なピンハネを黙認してたんです。浪友会のフロントの土木会社は、東北の被災地の復興工事をまったくやってないんですがね。それから、役員たちの下半身スキャンダルも握られてしまったようですよ」

「で、『東都建工』は浪友会のフロントの土木会社に五億円近い架空工事代を払わされたわけか」

「ええ。関東誠仁会の石岡総長は浪友会と大手ゼネコンとの不適切な関係をマスコミにリークすると脅迫して、およそ二億円を手に入れた疑いがあるんです」

「しかし、『東都建工』は被害事実を認めなかったんだろう？」

剣持は確かめ、ビールを飲んだ。

「そうなんですよ。石岡も恐喝した覚えはないと空とぼけました。藤巻検事は決定的な物証までは摑んでなかったんで、大手ゼネコンと石岡総長を追い込むことはできなかったんでしょう。しかし、石岡は検事殺しに絡んでそうですよ」

「本庁《うち》の田宮誉主任監察官と警察庁の喜多川直道首席監察官がつるんで、悪さをしてる警察官《サツカン》や職員たちから〝お目こぼし料〟を吸い上げてるという事案の裏付け《ウラ》は取れたのか？」

「その二人が株や不動産を買ってることは事実でしたが、〝お目こぼし料〟を貰《もら》ってたかどうかはまだわからないんですよ。第一期捜査を担当した三係と大崎署の刑事たちが田宮と喜多川をマークしつづけたというんですが、尻尾《しっぽ》は摑めなかったそうです」

「対象者《マルタイ》が身内なんで、捜査がつい甘くなったなんてことはないだろうな」

「そういうことはないと思いますが……」

「東京出入国在留管理局の船木則文の動きも当然、探ったんだよな?」

「ええ。船木は毎晩のように新宿の上海《シャンハイ》クラブや韓国クラブ、それから六本木の東欧クラブに飲みに行ってるようですが、勘定は現金できれいに払ってました」

「入管の幹部職員といっても、年に何千万円も俸給を貰ってるわけじゃない。船木って奴が不法滞在外国人女性たちを貧しい日本人男性と偽装国際結婚させて、オーバーステイの中国人、韓国人、ルーマニア人、ロシア人女性たちから多額の謝礼を貰ってることは間違いなさそうだな」

「その疑いはあるんですが、初動でも第一期捜査でも裏付《ウラ》けは取れなかったんですよ」

菊地が言って、シロを串から歯で外した。

「藤巻修平は七月五日、なぜ大崎三丁目にいたのかな。停職中のはずだから、職務で自宅を出たんじゃないんだろう」

「奥さんの話によると、被害者《マルガイ》は大崎在住の旧友宅を訪ねると言って自宅を出たらしいんですよ。でも、大崎署の刑事が藤巻検事の交友関係を調べた結果、品川区内に友人や知人はひとりも住んでませんでした」

「被害者は自分を罠に嵌めた奴を自分で突きとめるつもりで、事件現場に行ったんじゃないのかな。リカと名乗った少女が大崎周辺に住んでるとは考えられないだろうか。菊地、どう思う？」

「ええ、考えられなくはないでしょうね。リカが大崎あたりに住んでないとしたら、彼女のバックにいる人間が事件現場の近くで暮らしてるのかもしれませんよ」

「そうなんだろうか」

「リカと藤巻修平には何も接点がなかったことは初動で明らかになりましたから、検事を少女買春の客に仕立てようとした正体不明の人物が三つの内偵事案のどれかに関連してるんではありませんか。自分は初動の段階から、そう筋を読んでたんですよ。ですが、第二期捜査に入っても、容疑者が捜査線上に浮かんでこないんですよね」

「そうなんだってな」

「自分の筋読みが間違ってたんだろうか。藤巻検事は過去に贈収賄に絡んだ大物国会議員、財界人、高級官僚たちを十数人も起訴してるんですよ。そのうちの約半数が服役してます。そういう連中は出所後、冴《さ》えない生活をしてるにちがいありません」

「だろうな。汚職で有罪判決を受けなければ、それぞれ社会的地位を保てただろうし、経済的にも恵まれてたはずだ」

「ええ。しかし、前科者になって暮らしは一変したでしょう。惨《みじ》めな思いをさせられてるのは検事の青臭い正義感のせいだと考える奴が出てきても、不思議ではありませんよね」

「そういう奴が藤巻修平を逆恨みして、失職させようと少女買春の客に仕立てようとしたのではないか。菊地は、そう推測したんだな？」

　剣持は確かめた。

「ええ、そうです。ですが、藤巻検事は懲戒免職にはなりませんでした」

「ああ、一カ月の停職処分を科せられただけだったよな。それでは、検事にたいしたダメージを与えられない。だから、藤巻を殺害したんだろうか」

「そうなのかもしれませんよ。剣持さん、検事たちが告発する予定だった三つの事案の関係者がシロだとはっきりしたら、汚職で起訴された政財界人や元官僚を調べてみてはどうでしょうか？　藤巻さんとコンビを組んでた検察事務官に頼めば、そういう連中に関する資料は提供してもらえるんじゃないかな」

「ああ、多分ね」

「提供してもらえなかったら、自分が本庁《うち》の捜査二課知能犯係から捜査情報を引っ張りますよ」

「菊地に迷惑をかけないようにしたいな」

「そのぐらいの協力は、別に迷惑ではありません」

菊地が言って、ジョッキを空けた。剣持もビールを飲み干し、お代わりをした。ついでに砂肝《すなぎも》を五本ずつ頼む。

大崎署の網代から電話がかかってきたのは七時過ぎだった。剣持は菊地に断って、ガードの向こう側まで走った。道端にたたずみ、刑事用携帯電話《ポリスモード》を耳に当てる。

「大崎署《うち》の風紀係からの情報なんだけど、JR五反田《ごたんだ》駅前の雑居ビルの中に『ヴィーナス・クラブ』という出会い系喫茶があるらしいんだ。十代の女の子たちとブースで一対一のお喋りができるんだってさ」

「そう」

「入場料五千円を払って、客はガラス張りの部屋にいる女の子たちを選んでブースに入るらしい。二人分のソフトドリンクの代金は、入場料に入ってるそうだ。ブースの中で三十分お気に入りの女の子とお喋りをすると、五千円の料金を取られるらしいんだ」

「それだけじゃ、店はたいして儲《もう》からないな。女の子たちへのバックも少額だろう。おそらく、店は女の子に店外デートさせてるんだろうな」

「そう、どうも売春させてるらしいんだよ。前置きが長くなったが、『ヴィーナス・クラブ』で働いてる娘《こ》の中にリカという源氏名《げんじな》を使ってる十七歳の少女がいるそうだ」

「その娘に関することをもう少し詳しく教えてくれないか」

「どこまで本当の話かわからないが、リカは中三のときに柏《かしわ》の実家を飛び出して、新宿の歌舞伎町で酔った男たちをラブホテルに誘って、どうも枕探しをして生活費を得てたようだな。しかし、一年ほど前に新宿の若いやくざに目をつけられて、売春を強要されるようになったらしい」

「渋谷や池袋に逃げたら、見つけられる恐れがある。それで、五反田に流れたんだろう」

「そうなんだろうな。そのリカが藤巻検事を渋谷のラブホテルに誘い込んだのかどうかわからないが、剣持、探りを入れてみろよ」

「網代、リカって名の少女が『ヴィーナス・クラブ』で働いてることを捜査本部に教えたんだろ？」

「ああ、本庁の三係と六係の主任に教えたよ。しかし、リカなんて源氏名は珍しくないから、藤巻検事を罠に嵌めた少女の可能性は低いと言って……」

「まともには聞いてもらえなかったんだ？」

「そう。確かに、ありふれた源氏名だよな。それに検事が殺されたのは大崎三丁目の裏通りだ。五反田と大崎は隣り合ってる。リカが検事を少女買春の客に仕立てようとした本人だったとしたら、『ヴィーナス・クラブ』で働きつづける気にならないだろうな」

「それはわからないぜ。最近の若い子たちは、おれたちの世代では理解できないとこがあるからな。一応、五反田に行ってみるよ」

「そうか。源氏名か通称が同じだけなのかもしれないから、剣持、あんまり期待しないでくれよな」

「わかってる。その雑居ビルの所在地を正確に教えてくれないか」

「東五反田一丁目十×番地、明和ビルの三階だよ」

「わかった」

「くどいようだが、期待しないでくれよな」

網代が先に電話を切った。

剣持はポリスモードを上着の内ポケットに戻し、菊地のいる場所に引き返した。

「プライベートの電話だったんだ。菊地、悪かったな」

「いいえ。剣持さん、気になってたことを訊いてもかまいませんか？」

「改まって何だ？」

「いや、いいです。やめときます」

菊地が首を横に振った。剣持は円椅子に腰を落とした。

「言いかけたことは言えよ。そうじゃないと、こっちが落ち着かなくなるからな」

「そうか、そうでしょうね。なら、言っちゃいます。剣持さんは、総務部企画課に異動になったのに、登庁してませんでしょ？」

「おれは企画課長に嫌われてるみたいで、在宅勤務を命じられてるんだよ」

「えっ、そんなことが許されるんですか!?」

「課長は、よっぽどおれの面《つら》を見たくないんだろうな。総務部長には、おれがちゃんと登庁してると報告してるんだと思うよ」

「剣持さんのほかにも、三人の課員がずっと職場に顔を出してないって噂が流れてるんです。捜三にいた徳丸《とくまる》警部補、組対《そたい》四・五課にいた城戸《きど》巡査部長、それから捜二にいた雨宮梨乃《あまみやりの》巡査長の三人も総務部企画課で見かけたことがないな」

「その三人もおれと同時期に総務部企画課に移ったんだが、それぞれ少し癖があるんだよ。おれほどじゃないけどな。で、その三人も在宅勤務を命じられているんだ」

「自分、口は堅いつもりです。剣持さん、本当のことを教えてくださいよ。表向きは企画課員ってことになってますけど、実は何か特殊任務をこなしてるんでしょ？　剣持さんはほかの三人と一緒にね」

「菊地、おれたちは総務部企画課に飛ばされたんだぜ。はぐれ者たちに特殊任務が下されるわけないじゃないか」

「そうですかね」

菊地が小首を傾《かし》げた。

剣持は笑いでごまかし、ビールを呷《あお》った。

第二章　怪しい面々

1

リカが全裸になった。

少しも恥じらわなかった。剣持の目の前で手早く衣服を脱ぎ、パンティーも下ろした。すでに体は成熟している。乳房は豊満で、ウエストのくびれが深い。飾り毛はハートの形に刈り込まれていた。

剣持はダブルベッドに腰かけていた。

五反田の飲食街の外れにあるラブホテルの一室だ。マンション風の造りで、目立たないラブホテルだった。時刻は午後八時過ぎである。

剣持は菊地と別れた後、『ヴィーナス・クラブ』を訪れた。飾り窓風の造りのガラス張りの部屋には、明らかに十代と思われる少女が七人いた。

揃《そろ》ってミニスカートを穿《は》いていたが、丈《たけ》が極端に短かった。わざと客たちにパンティーが見えるようにしているのだろう。そのあざとさは、かえって小気味いい。

剣持はリカを選んで、ブースに入った。

リカはオレンジジュースを一口吸うと、店外デートをしてほしいと誘いかけてきた。ショートの遊び代は、六十分で二万円だという。ホテルの休憩料金は客持ちらしい。

剣持はリカを店から連れ出し、この部屋に入ったのである。

「先に二万円、払ってくれる？　そうしたら、お客さんと一緒にシャワーを浴びるからさ」

「金は払ってやるが、シャワーは浴びなくてもいい」

「それ、どういうこと⁉」

リカが怪訝《けげん》な表情になった。

「きみを抱く気はないんだ」

「あっ、わかった。お客さんは、ちょっと変態なのね。セックスはしなくてもいいから、あたしにオナニーしてくれって言うんじゃない？」

「勘違いするな。おれは変態じゃない」

「でも、あたしとセックスする気がないのに、裸になるのを黙って見てたじゃないの。それって、変態っぽくない？」

「服を脱ぐのを制止しなかったのは、きみに逃げられたくなかったからなんだ」

「なんか意味がわかんないな。高校中退のあたしにも理解できるように、わかりやすく説明してくんない？」

「おれは、きみに確かめたいことがあるんだよ。だから、二人っきりになりたかったわけだ。くどいようだが、未成年の娘《こ》を抱く気はない」

「お客さん、何者なの？」

「おれのことを詮索《せんさく》する前に、こっちの質問に答えてくれ。六月十六日の夜、きみは渋谷にいなかったか？」

「急に何なのよ。わけわかんないわ」

「センター街で藤巻という検事にもっともらしい作り話をして、円山町の『パトス』ってラブホに誘い込んだんじゃないのか？　それで、検事を少女買春の客に仕立てようとした。そうなんだろっ」

剣持はリカの顔を見据えた。

「あたし、三カ月近く渋谷になんか行ってないよ。お気に入りのブランドにハマってたころは、よく『109』のショップに行ったけどね。でも、もう飽きちゃったの」

「きみの実家は千葉県の柏市にあるんだろう?」

「うわっ、気持ち悪い！　なんでそんなことまで知ってるわけ!?」

「誰に頼まれて東京地検の検事を罠《わな》に嵌《は》めたんだ?」

「ちょっと待ってよ。あたし、本当にずっと渋谷に行ってないって」

リカが右手をワイパーのように大きく振って、足許《あしもと》から丸めたパンティーを拾い上げた。花柄だった。

剣持は、リカが衣服をまとい終えるまで口を開かなかった。身繕《みづくろ》いを終えたリカが深紅のラブチェアに浅く腰かけた。

「あたしがお店で使ってる名前を誰かが騙《かた》って、渋谷で何かやらかしたのね。あたしの本名は高梨麻美《たかなしあさみ》よ。一緒に働いてる子で、あたしの実家が柏にあることを知ってんのは留衣《るい》だけだな」

「その留衣って娘《こ》のことを詳しく教えてくれないか」

「いいよ。留衣の苗字は氏家《うじいえ》で、あたしと同い年《タメ》なんだ。留衣は高一の二学期に名古屋の公立高校を中退して、東京のタレント養成所に入ったのよ。両親は教師なんで、娘が勝手に退学して上京したことが許せなかったんだろうね。だから、留衣は勘当されちゃったんだって」

「それじゃ、タレント養成所の月謝なんかは自分で働いて払ってるのか」

「そうみたい。留衣は何がなんでも女優になりたいようね。ちっちゃいころからの夢だったんだってさ。その夢を摑《つか》むためなら、汚れた仕事で稼ぐこともへっちゃらだといつも言ってた。『ヴィーナス・クラブ』で一番多く店外デートをしてるのは留衣なの」

「そうなのか」

「毎日のようにショートを二つこなして、泊まりの客も取ってんだから、ほんとタフよ。あたしたちは稼ぎの三割をお店に抜かれてるんだけど、留衣は一日に四万七、八千円稼いでる。お金ばっかり追ってるから、留衣はお店の子たちには敬遠されてるの。でも、あたしは同じ年齢《とし》だから、留衣とは普通に接してた。だからね、あたしが柏育ちだってことも話しちゃったのよ」

「ほかの同僚たちには、実家のことを話したことは？」

「ないわ。話したのは留衣だけ」

「氏家留衣は店に出てる？」

「ううん、きょうは休んでるわ。熱はないらしいけど、咳《せき》が止まらないんだって。それで、欠勤したのよ」

「留衣の自宅はどこにあるのかな?」

「大崎三丁目にある『ハイム大崎』ってアパートの一〇五号室に住んでる。体調を崩したんだから、自分の部屋にいるんじゃない?」

「そうだろうな」

剣持は平静に答えたが、内心、驚いていた。撲殺された藤巻は、リカと称した少女が氏家留衣だと調べ上げて『ハイム大崎』の近くで張り込んでいたのではないか。

「留衣があたしの源氏名を使って何か悪いことをしてたんだったら、なんか頭にくるな。留衣は、このあたしに罪を被《かぶ》せる気だったんだろうから」

「留衣は、とっさに同僚の源氏名を使ってしまったのかもしれないぞ」

「それにしても、よくないよ。裏切りじゃないの」

「話を逸《そ》らすわけじゃないが、『ヴィーナス・クラブ』の経営者は誰なんだ?」

「そんなこと言えるわけないじゃん。あたしたちもオーナーも、法律を破ってるわけでしょ」

「警察に密告なんかしないよ」

「本当に?」

高梨麻美が剣持の顔を覗《のぞ》き込んだ。剣持は札入れから二枚の万札を引き抜き、麻美に手渡した。

「いいのかな、貰っちゃって。だってさ、お客さんは何もしてないんだから。少しお口でサービスしてあげてもいいけど」

「ノーサンキューだ。その代わりってわけじゃないが、店のオーナーのことを教えてくれないか」

「いいわ、何もしないでお金を貰っちゃったからね。『ヴィーナス・クラブ』を経営してるのは門脇博之《かどわきひろゆき》って名前で、まだ四十前よ。満三十九歳だったかな」

「堅気じゃないんだろう?」

「ちょっと崩れた感じだけど、ヤーさんじゃないわ。その筋の男たちとのつき合いはないみたいだから、半グレなんでしょうね」

「オーナーの自宅はどこにあるんだい?」

「東急池上《いけがみ》線の旗《はた》の台《だい》あたりに住んでることは確かだけど、正確な住所は知らない」

「そう。門脇は結婚してるのか?」

「何年か前に離婚してからは、独り暮らしをしてるみたいよ」

「店の女の子の誰かを愛人にしてるのかな?」

「オーナーはあたしたちのことは商品と思ってるみたいで、誰にも手をつけてないはずよ。留衣とも寝てないと思う」

「門脇はいつも店にいるのか？」

「夜遅くにちょこっと店に顔を出すきりね。ふだんは清水《しみず》って店長が詰めてるだけなの。オーナーは手入れを喰《く》らったときのことを考えて、店長をダミーの経営者にしてるんじゃないかな。ね、もう店に戻ってもいい？」

「ああ。客は早漏だったと店長に報告しとけよ」

「うふふ。お客さん、ありがとね」

麻美がラブチェアから立ち上がり、部屋から出ていった。

剣持はセブンスターをくわえた。一服してから、部屋を出る。剣持はラブホテルを出ると、JR五反田駅に足を向けた。客待ち中のタクシーに乗り、氏家留衣の自宅アパートに向かう。
七、八分で、『ハイム大崎』に着いた。
藤巻が撲殺された現場から、わずか数百メートルしか離れていなかった。事件当夜、やはり被害者はリカと騙《かた》った氏家留衣の自宅アパートを張り込んでいたようだ。そして、留衣を操っている背後の人物の正体を突きとめる気だったのではないか。

しかし、収穫は得られなかった。それで、藤巻修平は大崎駅に向かっていたのだろう。

その途中、金属バットを持った犯人に襲われたのではないか。

遺留足跡は二十六センチだった。それに十七歳の少女の力では、とうてい藤巻検事を撲殺できないだろう。加害者は、氏家留衣を使った人物なのかもしれない。

タクシーが走り去った。

剣持は、『ハイム大崎』の敷地に足を踏み入れた。軽量鉄骨造りの二階建てアパートだ。部屋数は十室だった。

剣持は奥の一〇五号室に近づいた。

室内の電灯は点《つ》いている。部屋の主は自宅にいるようだ。剣持はインターフォンを響かせた。

ややあって、若い女性の声で応答があった。

「どなたでしょう?」

「アパートの管理会社の者です。氏家留衣さんですね?」

「そうです」

「先月分の管理費を千円多く振り込まれたんで、お金を返しにきたんですよ」

「それはわざわざすみません。いま、ドアを開けます」

「夜分に申し訳ありません」

剣持は半分退《さ》がった。象牙《ぞうげ》色のドアが開けられ、稚《おさな》さを留《とど》めた少女が姿を見せた。化粧っ気はなく、ルージュも引いていない。黒いTシャツ姿だ。下は白いショートパンツだった。

「ちょっとお邪魔するよ」

剣持は入室し、後ろ手にドアを閉めた。間取りは1DKだった。奥の居室からテレビの音声が流れてくる。

「あっ、ドアを閉めないでください。女の独り暮らしなんで」

「『ヴィーナス・クラブ』の客たちと寝てるのに、初心《うぶ》っぽいことを言うんだな」

「あなた、『平安エステート』の社員じゃないわね。だ、誰なのよ⁉」

留衣が後ずさった。剣持は無言でFBI型の警察手帳を呈示した。見せたのは表紙だけだった。

「なんで警察の人が……」

「心当たりがあるんじゃないのか？」

「売春《ワリキリ》のことがバレちゃったんですか？　そうなのね。ああ、どうしよう⁉」

「そうじゃないよ。おれは生活安全課の刑事じゃないから、その件で訪ねてきたんじゃないんだ」

「わたし、ほかに危《ヤバ》いことなんかしてません」

「そうかな。きみは六月十六日の夜、渋谷のセンター街にいただろう?」

「えっ」

留衣が絶句した。狼狽《ろうばい》の色は隠しようがなかった。

「やはり、そうだったか。きみは同僚の高梨麻美の源氏名のリカを使って、東京地検特捜部の藤巻検事に作り話をし、円山町の『パトス』に連れ込んだよな」

「なんの話かわからないわ」

「ばっくれるなっ」

剣持は声を張った。

「わ、わたし、お金が欲しかったの。店のオーナーが二十万円くれると言ったんで、藤巻とかいう検事さんをうまくラブホの一室に誘い込んだんですよ。それから……」

「そっちは素っ裸になって、検事のスラックスとトランクスを脱がせにかかった。そうだな?」

「は、はい」

留衣が目を伏せた。

「そうしてくれって言ったのは、店のオーナーの門脇博之だなっ」

「そ、そうです」

「門脇が一一〇番して、『パトス』に渋谷署員たちを行かせるよう仕向けたんだな。だから、藤巻検事に少女買春の疑いがかかってしまった。リカと名乗ったのは、高梨麻美に罪をなすりつけたかったからなのか？」

「そうじゃないの。本名を検事さんに教えるのはまずいと思って、とっさに麻美ちゃんがお店で使ってる名前を口にしちゃったんですよ。本当です。麻美ちゃんを困らせたかったわけじゃないの」

「そのことはもういい。オーナーの門脇は、どうして検事を罠に嵌めようとしたんだ？」

「詳しいことはわからないけど、オーナーは『幸せの泉』という新興宗教団体の熱心な信者らしいんですよ」

「その怪しげな教団なら、知ってる。教祖は個人が物や金を所有してる限り、心の安息は得られないと教えて信者に不動産を売らせてる。そして、売却金をそっくり教団に寄附させてる。浄財と称してるが、寄附金はすべて教祖が私物化してるようだ。そんなことで、マスコミに何度も取り上げられてた」

「えっ。そうなんですか。わたし、新聞は読まないし、スマホのネットニュースもめったに観《み》ないの。だから、そういうことは知りませんでした」

「そうか」

「でも、藤巻という検事さんは『幸せの泉』の教祖を詐欺罪で告発する気でいたのかもしれないな。それだから、オーナーは検事さんがわたしを金で買ったことにして、犯罪者に仕立てたかったんじゃない？」

「しかし、藤巻検事は起訴されなかった。一カ月の停職処分は科せられたが、検事を辞めさせられたわけじゃない。門脇は、いずれ教祖が検挙されるかもしれないと考えて七月五日の夜、金属バットで藤巻検事を撲殺したのか」

「オーナーは金儲けが大好きみたいだけど、そんな荒っぽいことをするようなタイプじゃないわ」

「門脇を庇《かば》うじゃないか。きみはオーナーとデキてるのか？」

剣持はストレートに訊《たず》ねた。

「オーナーは、店で働いてる女の子に手なんかつけてませんよ。清水って店長は何人かとアレしたみたいですけどね」

「六月十六日の晩、門脇はきみのそばにいたんだな？」

「ええ。わたしが藤巻って検事さんに声をかけるまでオーナーはずっと一緒にいました。

それで、わたしにうまく検事さんをラブホに誘い込んでくれって耳打ちして、暗がりに身を隠したんですよ。その後、オーナーはわたしたち二人が『パトス』に入るまで尾《つ》けてきて……」

「門脇は警察に密告電話をかけて、藤巻検事を検挙させたわけか」

「そうだと思います。わたしはオーナーに頼まれたことをやっただけで、検事さんにはなんの恨みもなかったの」

「門脇から二十万円は貰ったのか？」

「ええ、六月十六日の日にね。そのお金をオーナーに返しますんで、わたしを捕まえないでください。わたし、女優になりたいんですよ。逮捕されたら、その夢を叶《かな》えられなくなっちゃう。そんなことになったら、生きてても仕方ありません。死んだほうがましだわ」

留衣がそう言い、泣き崩れた。

「きみを捕まえる気はないよ」

「あ、ありがとう」

「人生訓なんか大っ嫌いだが、そっちの生き方には危うさを感じるな。夢を追うのは結構だが、地道な努力をしなかったら、そのうち取り返しのつかないことになるぞ。急がば回れって諺《ことわざ》もあるじゃないか。成功に近道なんかないんだ」

「……………」

「月並な言い方だが、もっと自分を大事にしろよ」

剣持は門脇の自宅の住所を聞き出してから、留衣の部屋を出た。立正《りっしょう》大学の裏手を抜け、急ぎ足で中原《なかはら》街道まで歩く。

剣持はタクシーを捕まえ、旗の台に向かった。

門脇が自宅にいるかどうかはわからなかったが、旗の台は割に近い。中原街道を平塚《ひらつか》方面に直進すれば、やがて旗の台に達する。

門脇の自宅を探し当てたのは二十数分後だった。

戸建て住宅で、中原街道から七、八十メートル奥まった場所にあった。夜の住宅街は静まり返っている。

剣持はタクシーの尾灯《テールランプ》が闇に紛《まぎ》れてから、門脇宅の門柱に足を向けた。門灯が点き、家の中の照明も灯《とも》っている。

剣持はインターフォンのボタンを押し込んだ。

しかし、なんの反応もない。ふたたびインターフォンを響かせかけたとき、スピーカーから男の声が流れてきた。

「どなた？」

「ヤマネコ宅配便です。昼間、一度伺ったんですが、お留守のようでしたので」

剣持は、とっさに思いついた嘘《うそ》をついた。

「不在伝票、ポストに入ってなかったがな」

「いいえ、お入れしましたよ」

「そう。なら、ポストの底にへばりついてたのかな。どこからの届け物なの？」

「差出人は『幸せの泉』となっています。冷凍食品ですので、夜分に失礼かと思ったんですが……」

「いいんだ、いいんだ。いま、判子を持って表に出ていきます」

相手の声が途切れた。

剣持は門扉《もんぴ》の横の生垣《いけがき》に身を寄せた。門脇宅のドアが開けられた。ポーチをたどるサンダルの音が聞こえ、門扉が内側に吸い込まれた。

「あれっ、宅配便のトラックが見えないな」

四十歳前後の男が自宅前の路上に現われた。軽装だった。勤め人には見えないが、荒《すさ》んだ印象は与えない。門脇本人だろう。

剣持は暗がりから躍《おど》り出て、男を肩で弾《はじ》き飛ばした。相手が横倒しに転がった。

「あんた、門脇博之だなっ」

「そうだよ。届け物じゃなかったんだなっ」

「六月十六日の夜、藤巻検事を少女買春の客に仕立てたのはそっちだな。『ヴィーナス・クラブ』で働いてる氏家留衣を使って検事を罠に嵌めたことはわかってるんだ」

「おたく、何者なんだよ？」

「警視庁の者だ」

剣持は警察手帳を短く見せた。

「留衣が喋ったんだな」

「そんなことより、上体を起こせ！」

「わかったよ」

門脇が半身を起こした。

「店の女の子たちに売春させてることは見逃してやってもいい」

「冗談だろ!?　日本では、まだ司法取引は全面的に認められてないはずだ」

「そうなんだが、実際には警察の中には犯罪者と裏取引をしてる者もいるんだよ。おれも、そのひとりなんだ」

「そうなのか」

「こっちの質問に正直に答えたら、少女売春ビジネスのことは大目に見てやろう。藤巻検事を罠に嵌めた理由から聞こうか」

「そ、それは……」

「司法取引に応じないで、起訴される覚悟ができたのか？」

「ち、違う。師と仰いでる『幸せの泉』の教祖の日下部《くさかべ》義行《よしゆき》先生を裏切ることにためらいを覚えたんだよ」

「あの教団のトップから、藤巻検事に罠を仕掛けてくれと頼まれたのか？」

「そうだよ。藤巻は教祖の浄財集めが詐欺罪になると判断して、いずれ告発する気でいたらしいんだ。でも、日下部先生は信者たちに寄附を強要したことなんか一遍《いっぺん》だってないんだよ。誰もが心の充足感を得たくて、進んで寄附してるんだ。だから、詐欺なんかじゃない」

「疚《やま》しさがあるから、教祖は特捜部検事を陥れようとしたんじゃないのか。しかし、藤巻検事は懲戒免職にはならなかった。それで、日下部義行はそっちに検事を始末させたんじゃないのか。え？」

「おれは、人殺しなんかやってない。藤巻検事が殺された日は博多にいたんだ。おれは佐賀の出身なんだが、年に二、三回、福岡に遊びに行ってるんだよ」

「連れはいたのか?」

剣持は訊いた。

「ひとりで出かけたんだ」

「それじゃ、そっちの言葉を鵜呑《うの》みにするわけにはいかないな」

「本名で博多のホテルにチェックインしたから、おれのアリバイを調べてくれよ」

門脇がホテル名を挙げた。

「そっちがシロなら、『幸せの泉』の教祖が殺し屋《プロ》に藤巻を片づけさせたのかもしれないな」

「先生がそんなことをさせるわけないっ」

「わからないぜ。いろいろ悪い噂がたってるからな。日下部は三田《みた》にある教団本部で寝起きしてるんだろう?」

「そうだよ」

「そっちを楯《たて》にして、これから教団本部に乗り込む」

剣持は門脇を引き起こし、左腕をむんずと摑んだ。門脇が何かぼやいて、サンダルをきちんと履いた。

「タクシーで行こう」

剣持は門脇の片腕を捉えたまま、中原街道に向かって歩きだした。街道の少し手前で、急に門脇が立ち止まった。

「どうした？」

「サンダルが緩くて歩きにくいんだ。裸足《はだし》になってもいいよな？」

「好きにしろ」

剣持は手を放した。

次の瞬間、門脇に肘打《ひじう》ちを浴びせられた。狙われたのは腎臓《キドニー》のあたりだった。一瞬、剣持は息が詰まった。棒立ち状態だった。

その隙《すき》を衝《つ》いて、門脇が素足で駆けだしはじめた。剣持は追った。

門脇の逃げ足は速かった。瞬《また》く間に中原街道に達した。剣持は全速力で走った。前髪が逆立ち、衣服が体にへばりつく。

門脇は街道に沿って百メートルほど駆け、横断歩道を渡りはじめた。まだ赤信号だった。左手から疾走してくるワンボックスカーが門脇に気づいて、ハンドルを切った。

だが、躱《かわ》しきれなかった。大きな衝撃音が響き、門脇が高く舞った。路面に落下した直後、対向車のタクシーが門脇を撥《は》ね飛ばした。

数十メートル先の車道に叩きつけられた黒い塊《かたまり》は微動だにしない。ブレーキ音が幾重《いくえ》にも重なり、十数台の車が急停止した。

剣持は夜空を仰ぎ、吐息をついた。

2

怒声が交錯した。

男同士の罵《ののし》り合いだった。剣持は『幸せの泉』の本部前まで走った。

門脇博之が自宅近くの中原街道で事故死した翌日の午後二時過ぎである。剣持は午前中に門脇のアリバイ調べをした。

本人の供述通りだった。七月五日、確かに門脇は博多の有名ホテルに宿泊していた。そのことで、『ヴィーナス・クラブ』の経営者は疑いが晴れた。

そうなると、いかがわしい教団の代表が第三者に藤巻検事を殺害させた疑いが濃くなる。剣持は、三田にある『幸せの泉』の教団本部を張り込む気になったのだ。

教団本部は、寺院の多い地域の一角にあった。武道場を想わせる建物で、割に大きい。敷地も広かった。

剣持は石の門柱に身を寄せ、教団本部の内庭を見た。

三十代半《なか》ばの巨漢と六十年配の男が睨《にら》み合っている。

「おっさん、くどいぞ。教祖は外出中だと言ってるじゃないか」

「居留守を使ってることはわかってるんだ。とにかく、日下部に会わせろ！」

年配の男が息巻いた。

「教祖を呼び捨てにするなっ。日下部先生は偉大なお方なんだぞ」

「詐欺師に敬称なんか付けられるか」

「おっさん、痛い目に遭いたいのかよ」

「元褌担《もとふんどしかつ》ぎが凄《すご》んでも、引き下がるもんかっ」

「元褌担ぎとは無礼じゃないか。おっさん、謝れよ」

「謝るもんか。三場所か四場所、あんたは十両にいたよな。けど、その後は十両に留《とど》まれなかった。たいした相撲取りじゃなかった」

「き、きさま！」

大男が六十男の胸倉を両手で摑んで、そのまま持ち上げた。年配の男の両足は地べたから、十センチほど浮いていた。苦しげに唸《うな》っている。

「おっさん、謝罪しろよ」

「冗談じゃない。こっちは事実を言っただけだ」

「関取の十両力士を褌担ぎ扱いしただろうが！」

「あんたは入門して、いきなり十両になったわけじゃないよな。褌担ぎからスタートしたんだろうから、わたしが言ったことは間違ってはいない。そうだろが？」

「屁理屈《へりくつ》を言いやがって」

巨体の男が顔をしかめ、六十絡みの男を地上に下ろした。

「相撲取りは潰《つぶ》しが利かないんだろうが、何もペテン師の秘書兼用心棒になることはなかったじゃないか。何か肉体労働をやって、真っ当に生きろよ」

「おれの悪口は勘弁してやろう。でもな、日下部先生を悪く言ったら、赦《ゆる》さないぞ。先生は数十万人の信者の迷える魂を救ってくださったんだ」

「おい、早く目を覚ませ。日下部は口が上手だから、信者たちを巧みに騙《だま》してるにちがいない。上手に人々の財産を吸い上げて、私腹を肥やしてるだろう」

「いいから、とっとと帰れ！」

「きょうこそ、教祖の化けの皮を剝《は》いでやる！　日下部に会わせてくれるまで、絶対に帰らんぞ」

六十年配の男が言い募《つの》って、両手を腰に当てた。

巨漢が年配の男を突き倒し、建物の中に駆け込んだ。仰向《あおむ》けに引っくり返った男は起き上がると、腹立たしげに罵声《ばせい》を浴びせた。それから体を反転させ、門に向かって歩いてきた。

剣持は門柱から離れ、石塀の際《きわ》にたたずんだ。

待つほどもなく六十年配の男が外に出てきた。剣持は男に歩み寄り、話しかけた。

「わたし、フリージャーナリストなんですが、元信者さんでしょうか？」

「いや、わたしは信者じゃありません。弟夫婦が日下部に騙されて、無一文になってしまったんですよ。それで弟たち夫婦は前途を悲観して、心中してしまったんだ」

「それはお気の毒に……」

「弟夫婦のひとり娘が五年前に難病で亡くなったんです。姪《めい》は、まだ三十一歳でした。その翌年に弟の勤め先が倒産してしまって、損害保険の代理店を開いたんですよ。でも、顧客数があまり増えなくて、夫婦はかつかつの暮らしがつづいてたんです。そんなことで、弟夫婦は新興宗教に縋《すが》ってしまったんでしょう」

「そうだったのかもしれませんね」

「でも、『幸せの泉』はまともな宗教団体なんかじゃない。仏教と神道をミックスした教典は矛盾だらけですし、教祖の神通力や霊感もインチキなんですよ」

「インチキと言い切れる根拠があるんですか？　申し遅れましたが、わたし、中村《なかむら》といいます」

「わたしは佐竹《さたけ》、佐竹朋憲《とものり》といいます。製麺《せいめん》工場の親父《おやじ》です。日下部がペテン師だって証言は、元教団スタッフたち三人から得てるんですよ」

「詳しく話していただけますか」

「ええ、いいですよ。騙しのテクニックは実に単純なんです。入信を希望する男女に予《あらかじ》め氏名、生年月日、本籍地、職業、家族構成なんかを記入させるわけです。そして、教団スタッフがそれを教祖に教えてるんですよ。面談のとき、日下部は入信希望者の個人情報を次々に当てるわけです。まったく予備知識がなかったことにしてね」

「それで、相手は教祖に霊感や予知能力が備わってると思い込んでしまうのか」

「そうなんです。災いを招くのは所有欲があるからだと説き、生まれたときと同じように裸一貫になれば、運は必ず上向きになると信者たちに繰り返し言い聞かせてるんですよ」

「教団を胡散《うさん》臭いと思って本格的に取材する気になったんですが、日下部は噂以上に悪人みたいですね」

「悪人も悪人ですよ、日下部義行は」

佐竹が吐き捨てるように言った。

「教祖は御為《おため》ごかしを言って、信者たちの財産を奪ってるだけなのかな」

「日下部は若い女性信者たちを除霊と称して、強姦してるようです。自分の精液には邪悪なものをすべて排除するパワーがあるとか言って、レイプを重ねてるんですよ。単なる中傷なんかじゃありません。わたしは被害に遭った女性から、証拠の録音音声を聴かせてもらったことがあります」

「本当ですか？」

「ええ。その女性は十文字千絵《じゅうもんじちえ》という名で、二十三歳のＯＬです。婚約相手に一方的に縁談を破棄されて人間不信に陥り、『幸せの泉』に入ったんだそうです。彼女は夜中に教祖の寝室に呼びつけられたことに不信感を抱《いだ》き、トートバッグの中にＩＣレコーダーを忍ばせてたんですよ」

「それだから、犯されたときの音声が録音されてたんですね」

「ええ、そうです。十文字千絵さんは泣き寝入りしたくないと考えてたんで、被害者や家族が連帯しようという当方の呼びかけに賛同してくれて……」

「佐竹さんに恥ずかしい音声を聴かせてもいいと判断したんだろうな」

「そうなんでしょう。しかし、千絵さんのご両親は性被害のことが裁判沙汰《ざた》になったら、娘は生きにくくなるからと猛反対したんですよ。ひどい目に遭った元信者たちは一様《いちよう》に日下部に怒りと憎しみを感じてましたが、自分たちの愚かさを世間に知られるのは困ると及び腰になってしまったんです」

「誰だって泣き寝入りなんかしたくなかったでしょうがね」

「それはそうでしょう。世間体を気にした人たちを批判する気はありませんが、わたしは黙っちゃいませんよ。弟夫婦は文なしにされて、泣く泣く心中したにちがいありません。他人《ひと》を疑うことを知らなかった弟たちを騙すなんて、絶対に赦せないですよ」

「当然だと思います」

「わたしは味方がひとりもいなくても、インチキな教団ととことん闘う覚悟です。あなたも頑張ってください」

「ええ。日下部義行の素顔をペンで暴いてやるつもりです。それはそうと、佐竹さんは七月五日の夜、東京地検特捜部の藤巻という検事が撲殺されたことをご存じでしょうか?」

剣持は訊いた。

「その事件なら、知ってますよ。その殺人事件に『幸せの泉』が関わってたんですか⁉」

「それは未確認なんですが、殺された検事は教団を詐欺罪で告発する気でいたようなんですよ。藤巻検事が、教祖と繋《つな》がりのある門脇博之という男をマークしてたことは間違いないでしょう」

「門脇ですか。教団スタッフにそういう姓の男はいなかったと思うな。そいつは何者なんです？」

「出会い系喫茶を隠れ蓑《みの》にして、少女売春クラブを経営してた男ですよ。しかし、昨夜《ゆうべ》、交通事故死しました」

「もしかしたら、その男は日下部に消されたんじゃないのかな」

「いや、事故死であることは間違いないんですよ」

「そうですか。取材してるとき、大男が出てくるかもしれません。そいつは元力士で、大坪敬一《おおつぼけいいち》って名です。日下部の秘書と名乗ってますけど、要するにボディーガードですね。短気な性格だから、あいつに見つかったら、いったん取材を中止したほうがいいな。図体がでっかいし、馬鹿力が半端じゃありませんので」

「わかりました。気をつけましょう」

「いろいろ妨害されるでしょうが、インチキな教祖をやっつけてやりましょうよ。では、失敬！」

佐竹が軽く片手を掲げ、足早に遠ざかっていった。

剣持は佐竹に声をかけたことによって、大きな拾い物をした。教祖に辱《はずかし》められた十文字千絵の一件をちらつかせれば、門脇との関係を喋らざるを得なくなるのではないか。警察手帳を見せて日下部を揺さぶる方法は手っ取り早い。しかし、そうしたら、チームに内緒で検事殺しを個人的に捜査しはじめていることを知られてしまうだろう。

偽の弁護士になるか。千絵がレイプされたときの音声を密《ひそ》かに録音していたと知ったら、いかがわしい教祖は蒼《あお》ざめるだろう。

だが、肝心の録音音声を持っているわけではない。十文字千絵のことを持ち出しても、日下部はシラを切ると思われる。裏社会とも結びついているブラックジャーナリストになりすませば、録音音声がなくても教祖は震え上がるのではないか。

剣持は教団本部の前まで戻り、門柱のインターフォンを鳴らした。

数十秒後、スピーカーから男の野太い声で応答があった。元力士の大坪の声だった。

「日下部義行と取引したい」

剣持は声に凄みを利かせた。

「取引だって!?」

「そうだ。おれは、日下部が若い女性信者たちを寝室に連れ込んで姦《や》っちまった証拠を握ってる。ある女性がバッグの中にＩＣレコーダーを忍ばせて、教祖の寝室に入ったんだよ」

「先生は、そんなことしてないっ」

「日下部を庇っても、意味ないぜ。レイプしてるときの音声が鮮明に録音されてるんだ。教祖は息を弾ませながら、柔肌を弄《もてあそ》んでたよ」

「おたくの話は信じられない」

「日下部に早く取り次がないと、スキャンダル記事が『週刊トピックス』に派手に載ることになるぞ。教祖が若い女性信者を次々とレイプしてることが世間に知れたら、『幸せの泉』はもう終わりだな」

「ちょっと待っててくれないか。すぐに日下部先生におたくのことを伝えるよ」

大坪の声が熄《や》んだ。剣持はほくそ笑んで、濃いサングラスで目許を覆《おお》った。

三分ほど過ぎると、教団本部の表玄関から巨漢が走り出てきた。大坪だった。剣持は口の端を歪《ゆが》めた。

「どうぞお入りください」

元力士がおもねる口調で言った。

剣持は黙って顎《あご》をしゃくった。大坪が案内に立つ。

導かれたのは、一階の奥にある広い応接間だった。五十畳ほどの広さで、中央に十五人掛けのソファセットが置かれていた。

教祖の日下部は、中央のあたりのソファに腰かけている。険《けわ》しい表情だった。

「中村って者《もん》だ。フリーのジャーナリストだが、おれは青臭い正義漢じゃない」

「ブラックジャーナリストというより、恐喝屋なんだな?」

「そんなふうに呼ぶ奴もいるね」

剣持はうそぶいて、教祖の前に坐った。

「ICレコーダーを忍ばせて寝室に入ってきた女信者は誰なんだ? 内野明日香《うちのあすか》か、米倉由輝《よねくらゆき》なんだろうな。あの二人はインサートした後も、全身で抗《あらが》ったから。どっちなんだ?」

「その質問には答えられない。けど、おれはあんたの致命的な弱みを握ってる。ICレコーダーのメモリーを週刊誌の編集部に持ち込めば、五百万、いや、一千万円にはなるだろう。それだけの価値のあるスキャンダル種《ネタ》だからな」

「メモリーを二千万円で買い取ろうじゃないか。録音音声を聴き終えたら、秘書の大坪に現金を持ってこさせるよ」

「金は嫌いじゃないが、おれにも良心の欠片《かけら》ってやつが少しは残ってる。いろんな悪党どもを見てきたが、あんたは救いようがないな」

「二千万が不満なら、三千万出してもいいよ。どうだ？」

「わかってねえな。あんたの悪事には目をつぶれねえと言ってるんだ、おれは」

「五千万円くれてやろう」

日下部が言って、出入口の近くに控えている大坪に目配せした。

剣持は右脚を高く上げ、靴の踵《かかと》でテーブルを撲《う》った。日下部が身を竦《すく》ませ、用心棒に視線を向けた。

「番犬、おとなしくしてないと、教祖さまは刑務所《ムショ》に引っ越さざるを得なくなるぜ」

「先生に荒っぽいことをしなければ、おれは何もしない」

「日下部を殴ったりしねえよ。それだけの値打ちもない男だからな」

「ずいぶんな言い方だな。わたしは、およそ二十五万人の信者たちにリスペクトされてるんだ」

日下部が口を尖《とが》らせた。

「あんたは、ただのペテン師だ。霊感や特殊な能力があるわけじゃないのに、あたかも超人的なパワーがあると見せかけて、信者たちの財産をそっくり奪ってる。あんたに騙されて無一文になった佐竹夫妻は前途を悲観して心中してしまった」

「信者が進んで教団に寄附してくれたんだ。わたしが寄附を強《し》いたことなんかない。な、大坪？」

「もう観念しろ！　おれは元教団スタッフたちからも、あんたの悪事の数々を証言してもらったんだ」

「えっ」

「元教団スタッフに仕返しなんかするなよ。そんなことをしたら、あんたを警察に売るぞ」

「本気なのか!?」

「ああ、本気だよ。あんたは信者たちを騙しただけじゃなく、門脇博之を使って東京地検の藤巻修平検事を罠に嵌めた。検事を少女買春の客に仕立てて、懲戒免職に追い込もうとした。ところが、検事は停職処分を受けただけだった。検事は、あんたを詐欺罪で告発する気だったんだろう」

「藤巻という検事が今年の春先に教団の周辺を嗅《か》ぎ回ってたことは知ってる。しかし、その後はマークされなくなったんだ」

「そんなわけない。あんたは詐欺罪で起訴されることを恐れて、信者の門脇に検事を始末してくれる実行犯を見つけさせたんじゃないのか。そうなんだろうが！」

剣持は鎌をかけた。

「門脇はもう信者じゃない。教団のプール金を盗んでたんで、二年前に出入りを禁じたんだ。そんな男に何かを頼むわけないじゃないか」

「先生が言ったように、門脇は本当に二年前から教団に出入りしてないよ。嘘じゃない」

　大坪が口を挟んだ。

　剣持は元力士を見た。演技をしているようには見えない。早とちりだったのか。

「門脇とは一切、コンタクトを取ってない。あの男はわたしに近づこうともしなかった。二千万も横領したんで、気まずかったんだろう」

　日下部が言った。

「門脇を横領罪で告訴しなかったのは、あんたも後ろめたいことをしてたからなんだろうな？」

「そんなことより、何か落とし所はないのか。六千万円までなら、出そうじゃないか」

「金で取引する気はなくなったと言っただろうが！　教団をただちに解散して、あんたが貯め込んでる金を信者たちに返済しろ。寄附させた分を返して、犯した女たちには最低一千万円の詫び料を払ってやれ」

「そ、そんな……」

「そうしなかったら、おれはあんたを警察に売り渡す」

剣持はソファから立ち上がって、大股で応接間を出た。

日下部と大坪はうなだれたままだった。剣持は勇み足をしたことを恥じながら、教団本部を出た。

事故死した門脇はいったい誰に頼まれて、藤巻検事を罠に嵌めたのか。門脇の交友関係を徹底的に洗えば、検事殺しの首謀者にたどり着けそうだ。

剣持は最寄りの地下鉄駅に向かった。

駅の手前まで歩いたとき、二階堂泰彦理事官から電話がかかってきた。極秘捜査の指令だ。偶然にも、藤巻検事撲殺事件の支援捜査だった。

「三人の部下を呼集《こしゅう》して、午後五時に別室のアジトに待機しててくれないか。例によって、鏡課長と一緒に捜査資料を届けるよ」

「わかりました。それでは、後ほど……」

剣持は電話を切って、脇道に走り入った。三人のメンバーに呼集をかけるためだった。

警察関係者は、招集を呼集と言い換えている。

3

視線を巡らせる。

不審者は目に留《と》まらない。尾行者はいなかった。警察関係者も見当たらない。

剣持は、西新橋三丁目の舗道に立っていた。

午後四時半過ぎだった。二十メートルほど先の右側に八階建ての雑居ビルがある。

その五階が極秘捜査班のアジトになっていた。『桜田企画』というプレートしか掲げられていない。表向きは、広告デザイン会社ということになっていた。むろん、カムフラージュだ。営業活動はしていない。

剣持は雑居ビルに入り、エレベーターの函《ケージ》に乗り込んだ。

五階に達した。エレベーターホールのすぐ近くに『桜田企画』の出入口がある。ドアはロックされていた。一番乗りらしい。メンバーは、それぞれ秘密刑事部屋の合鍵を持っている。

剣持はアジトに足を踏み入れた。

七十畳ほどの広さがある。ドア寄りの事務フロアには四卓のスチール製デスクが置かれ、その右手には応接セットが据えられていた。八人掛けだった。

部屋の空気は蒸れていた。

剣持は空調装置のスイッチを入れた。設定温度を十七度に下げる。

フロアに埃《ほこり》は溜まっていない。若手メンバーたちが交代でアジトの掃除をしてくれているからだ。

少しずつ冷気が回りはじめた。

剣持は奥に進んだ。窓側には、会議室、無線室、銃器保管室が並んでいる。ガンロッカーの鍵はリーダーの剣持しか持っていない。

いつものように、銃器保管室を点検する。異変はなかった。一般の警察官にはシグ・ザウエルP230JP、S&WのM360Jなどが貸与されている。

しかし、極秘班のメンバーには特別にアメリカ製のコルト・ディフェンダー、ブローニング・アームズBMD、AMTハードボーラーII、オーストリア製のグロック25・28・31・32、イタリア製ベレッタ92FSなどの所持が認められている。

剣持は射撃術が上級だった。三十メートル離れた十五センチの標的に二十発のうち十五発以上命中させなければ、上級とは判定されない。

特殊訓練を受けたSAT《サット》やSIT《シット》隊員ほどではないが、剣持の射撃術はSP並だった。

メンバーは状況に応じて、拳銃を使い分けている。剣持は射撃術に優れているだけではない。柔道と剣道はともに三段だった。

剣持は事務フロアに戻り、ワゴンに近づいた。ポットのスイッチを入れてから、ソファに腰かける。

そのとき、アジトのドアが開けられた。入室したのは城戸裕司《ゆうじ》巡査部長だった。白いスーツ姿だった。真っ赤なポロシャツが浮いている。

三十二歳の城戸は、強面《こわもて》の大男だ。身長は百九十センチ近い。レスラーのような体型だった。ことに肩と胸板が分厚かった。

城戸は、本庁組織犯罪対策部第四・五課に長く所属していた。要するに、元暴力団係刑事だ。裏社会に精通し、やくざの知り合いが多い。本人の風体《ふうてい》も、ほとんど組員と変わらない。短髪で、肩をそびやかして歩く。服装も派手好みだった。よく筋者《すじもの》と間違えられている。

城戸は近よりがたい雰囲気を漂わせているが、性格は穏やかだった。酒好きだが、スイーツにも目がない。

恋人は競艇選手だ。地方のボートレース場に遠征していることが多く、月に一、二度しか会えないらしい。

「おれが一番乗りだろうと思ってたんすけど、主任に先を越されちゃったな」

「城戸、ポロシャツの色がダサいよ」

「そうっすか。コントラストが強いから、カッコいいと思ったんすけどね。黒いポロシャツにすべきだったかな」

「黒のほうがいいが、あんまりコントラストの強い配色だと、逆に野暮ったく見えるぞ。目立つことは目立つがな。白いスーツの場合、シャツはシックな色にすべきだよ」

「おれ、都会育ちじゃないからね。高校出るまで東北の田舎にいたんで、なかなか主任みたいにダンディーになれないっすよ」

「城戸、出身地は関係ないって。センスの問題さ」

「亜希《あき》はおれのファッションセンス、悪くないって言ってくれてんすけどね」

「彼氏の悪口は言いにくいだろうが？」

「口悪いっすね。主任、何か冷たい物を飲みます？　おれ、一昨日《おととい》、掃除に来たときに冷蔵庫にたくさんペットボトル飲料や缶ジュースを入れといたんすよ」

「そうだったのか。悪いな。いまは何も飲みたくない。ま、坐れよ」

剣持は言った。巨漢刑事が正面のソファに坐った。

それから間もなく、今度は雨宮梨乃巡査長がやってきた。チームの紅一点だ。

二十八歳の美人刑事はチーム入りするまで、本庁捜査二課知能犯係として大型詐欺、汚職、企業犯罪の捜査を担当していた。梨乃は犯罪心理学に長《た》けていた。

事件関係者の表情、仕種《しぐさ》、話し方などで、心の動揺や虚言をたちどころに見抜く。オーバーに言えば、嘘発見器《ポリグラフ》並だ。

梨乃は美貌に恵まれているだけではなかった。頭の回転が速く、色気もあった。マドンナのような存在だが、男たちに媚《こ》びたりはしない。いつも凜《りん》としている。私生活は謎だらけだった。彼氏がいるのかどうかすら、わからなかった。

「今度の被害者《マルガイ》が面識のあった藤巻検事なんで、わたし、いつもよりも気合が入ってるんですよ」

梨乃がそう言いながら、城戸のかたわらのソファに浅く腰かけた。

「捜二《そうに》にいたころ、職務で藤巻修平と接点があったんだな？」

「そうなんですよ、主任。ある国会議員の汚職の件で、捜二は東京地検特捜部と捜査情報を共有し合ったんです」

「熱血漢だったんだ、被害者は？」

「ええ、硬骨漢そのものでしたね。だけど、優等生タイプじゃなくて、人間味のある捜査をしてました。罪を背負わされた議員秘書たちには同情を示したりね」

「検事が結婚してなかったら、雨宮は……」

「好きになってたかもしれません」

「雨宮は誰とも恋愛しちゃ駄目だよ。そっちは独身男たちのマドンナなんだからさ」

「そうだろうな」

城戸が真顔で言った。梨乃が複雑な笑い方をした。

そのとき、徳丸茂晴《しげはる》警部補が姿を見せた。

「よう！　みんな、揃ってるな。剣持ちゃん、遅れて悪い。乗ったタクシーの運転手が狭心症の発作に見舞われて、危うく対向車と正面衝突しかけたんだ」

「なんとか事故は避けられたんですね？」

「そう。さすがプロだな。運転手は苦しみながらもハンドルを切って、車を路肩に寄せたんだ」

「二人とも怪我はしなかったんですね？」

「ああ。おれは救急車を呼んで、別のタクシーを拾ったんだ。課長と理事官は、まだ来てねえよな？」

「ええ」

剣持は短く応じた。徳丸が剣持の横に坐り、ハイライトに火を点けた。釣られて剣持もセブンスターをくわえた。

梨乃がさりげなく立ち上がって、ワゴンに歩《ほ》を進める。

徳丸は四十三歳で、以前は捜査三課スリ係の主任を務めていた。頑固一徹だが、社会的弱者には心優しい。スリの常習犯の更生に身銭《みぜに》を切っていた職人気質《かたぎ》の刑事である。

徳丸は四年ほど前に離婚していた。長野県出身だが、元スリ係は江戸っ子以上に気前がいい。妻は徳丸の浪費ぶりに呆《あき》れ果て、結婚生活を解消したのである。

徳丸は目下、行きつけの小料理屋の女将《おかみ》に想いを寄せている。そのくせ、鉄火肌の相手にいつも憎まれ口をたたく。照れ隠しなのだろう。

女将もシャイな面があって、徳丸に惹《ひ》かれていることを決して口にはしない。二人は似た者同士だった。

徳丸は警察社会の不文律に従おうとしない。自分よりも年下の者はすべて呼び捨てで、敬語は遣わない。相手が警察官僚《キャリア》であっても、態度は変わらなかった。その徹底ぶりは小気味いいほどだ。

「真夏に熱い日本茶も悪くないんではありませんか?」

梨乃が誰にともなく言って、コーヒーテーブルに四つの湯呑みを置いた。

「雨宮の言う通りだな。おれはガキのころ、夏になると、冷たいジュースばかり飲んで腹をよく壊してた。そのたびに、おふくろに腹を冷やすなって言われてたんだ。実際、体を冷やすと、体調を崩しやすい」

徳丸が煙草の火を消し、緑茶を啜《すす》った。城戸が倣《なら》う。

剣持たち四人が寛《くつろ》いでいると、鏡捜査一課長と二階堂理事官が訪れた。剣持たちメンバーは相前後して立ち上がり、おのおの会釈《えしゃく》した。

「待たせてしまったね」

鏡課長が笑顔で言った。

満五十五歳の課長は、ノンキャリアの出世頭である。中堅私大の二部を卒業した苦労人で、長いこと捜査畑を歩いてきた。落としの恭《きょう》さんの異名を持つ。

外見はいかついが、気は優しい。目下の者たちによく気を配り、犒《ねぎら》うことを忘れなかった。大変な酒豪だが、酔って乱れたことは一遍もない。

一男一女を育て上げ、同い年の妻と杉並区内の戸建て住宅で暮らしている。夫人も気さくだった。

二階堂理事官は警察官僚《キャリア》だ。もうひとりの理事官と十三人の管理官を束ねる要職に就いているが、少しも偉ぶらない。万事に控え目で、賢さをひけらかすことはなかった。

知的な顔立ちだが、額は禿《は》げ上がっている。しかし、動作はまだ若々しかった。

理事官は早婚だったせいで、早くも二歳半の孫娘がいる。ひとり娘が大学を中退して、シングルマザーになったからだ。

娘と孫は理事官宅に同居している。女手ひとつで子供を育てている娘は介護施設で働いているそうだが、月給は手取りで十八万円にも満たないらしい。当分の間、実家に世話にならざるを得ないのだろう。

二階堂理事官の妻は人気絵本作家だ。著作の印税が年に二千万円ほど入るようだが、その半分は匿名《とくめい》で福祉施設に寄附しているという話だった。

「奥の会議室に行こうか」

二階堂が剣持に言った。

剣持はうなずき、三人の部下たちと先に会議室に入った。四人は、いつものように窓側の椅子に横一列に並んだ。細長いテーブルの向こう側に、二人の警視が着席する。剣持は理事官と向かい合う形になった。

「捜査本部事件のアウトラインは剣持君から聞いてるだろうが、これまでの捜査資料と鑑識写真に目を通してくれないか」

二階堂理事官が中腰になって、剣持たち四人に次々に水色のファイルを手渡した。

剣持は、まずファイルの間に挟まれている鑑識写真の束を手に取った。二十葉《よう》近くありそうだ。

被害者の上半身は血塗《ちまみ》れだった。藤巻検事は路面に俯《うつぶ》せになっていた。後頭部は大きく陥没し、血みどろだ。首も血糊《ちのり》で、あらかた隠されている。金属バットで強打された貝殻骨《かいがらぼね》の片方は砕《くだ》けていた。

「ひでえ殺し方をしやがる」

右隣で、徳丸が呻《うめ》くように言った。

「そうですね」

「剣持ちゃん、検事は誰かによっぽど恨まれてたんじゃねえか。といっても、痴情《ちじょう》の縺《もつ》れの線は考えられないだろう。これまでに検挙《アゲ》た連中の中に藤巻を逆恨みしてた奴がいるんじゃねえのか。おれは、そう直感したよ」

「徳丸《トク》さん、資料を読み込みましょう」

剣持は言って、鑑識写真を捲《めく》りはじめた。

故人の死顔を撮った写真が四カットあった。痛ましくて、どれも長くは正視できなかった。剣持は写真の束を机上に置き、司法解剖所見の写しを手に取った。

司法解剖は、大塚にある東京都監察医務院で行われた。東京二十三区内で殺人事件が発生すると、昔は東大か慶大の法医学教室で司法解剖される決まりになっていた。だが、いまは東京都監察医務院が司法解剖も担っている。

ただ、多摩など周辺市町村の事件被害者の遺体は慈恵会《じけい》医大か、杏林《きょうりん》大の法医学教室に搬入される。司法解剖のやり方に違いはない。

藤巻修平の死亡推定日時は、七月五日の午後九時半から同十一時半の間とされた。死因は脳挫傷《のうざしょう》による失血死だった。打撲傷は十七カ所にのぼった。切り創《きず》や刺し創はなかった。

凶器は金属バットと断定されたが、犯行現場に遺されていなかった。遺留足跡のサイズは二十六センチだったが、履物は大量に製造されている紐靴《ひもぐつ》だった。

現場から加害者の指紋、掌紋、血液、唾液、頭髪などは何も出ていない。犯人は用心深い性格なのか、あるいは犯歴があるのだろう。

剣持は初動から第一期捜査の流れを追い、さらに第二期捜査の動きも読み取った。捜査本部は被害者が少女買春の疑いを持たれたことと撲殺事件はリンクしているという見方をして、六月十六日の出来事から調べはじめている。

しかし、自称リカの行方を摑むことはできなかった。捜査本部は被害者の上司、同僚検事、検察事務官らの証言を重視し、藤巻が内偵中だった三つの事案に関わりのある者たちの動きを探った。

だが、容疑者は捜査線上には浮かばなかった。捜査が甘かったのか。それとも、三つの事案とは何も繋《つな》がりのない人物が犯行に及んだのだろうか。

後者だとしたら、過去に藤巻に検挙された政治家、財界人、エリート官僚の中に加害者がいるのかもしれない。剣持は鑑識写真をファイルの間に挟み、静かに表紙を閉じた。徳丸たち三人は、すでに捜査資料を読み終えていた。

「捜査本部に出向いてる担当管理官の報告によると、第二期からは被害者によって起訴された者たちを洗い直してるそうだ」

鏡課長が剣持に顔を向けてきた。

「そうですか。藤巻検事が相棒の塩沢検察事務官と告発の準備をしてた三つの事案の関係者の中に容疑者がいなかったとしたら、そうした流れになるでしょうね」

「きみも知ってるように殺人捜査三係と六係には優秀な捜査員が多い」

「ええ、そうですね。三つの事案の関係者の洗い方がラフだったとは思えませんが、人間がやることは完璧ではありません」

「剣持君は、第一期と第二期捜査で何か重要な見落としがあったんではないかと言いたいんだな」

「そこまで言うつもりはありませんが、見落としがなかったとは断定できませんよね？」

「ま、そうだな。わかった。きみらのチームには、被害者が立件する予定だった三つの事案の関係者をじっくり洗ってもらおう」

「わかりました」

剣持は即座に答えた。

鏡課長が二階堂に目で合図した。理事官がアタッシェケースを開け、蛇腹《じゃばら》封筒を取り出した。中身は札束だろう。

「当座の捜査費用として、二百万用意してきた。足りなくなったら、遠慮なく申し出てくれないか。すぐに補充するよ」

「そうさせてもらいます」

「今回の事件は一筋縄ではいかないかもしれない。剣持君、焦《あせ》ることはないぞ。長丁場になりそうなんで、今夜は英気を養ってくれたまえ。極秘捜査は明日から開始してくれればいいから」

「はい」

「では、よろしく頼む！」

「ベストを尽くします」

剣持は言って、蛇腹封筒を引き寄せた。

鏡と二階堂がほぼ同時に立ち上がる。剣持たちは一緒に会議室を出て、二人の警視を見送った。

「二階堂さんがせっかくああ言ってくれたんだから、みんなで『はまなす』でガソリンを入れようや。な、剣持ちゃん？」

「徳丸《トク》さん、本当は愛《いと》しの保科佳苗《ほしなかなえ》さんと二人っきりになりたいんでしょ？　おれたち三人は別の店で飲みますよ」

「剣持ちゃん、何遍も同じことを言わせせんなって。ママのことは出来の悪い妹のように思ってるだけで、別に恋愛感情を持ってるわけじゃねえんだ。佳苗っぺは気が強くて、商売が下手《へた》だろ？　だから、ちょっと心配なんだよ」

「そういうことにしておきますか」

「まだ勘繰《かんぐ》ってやがる。いいから、みんなで『はまなす』に繰り込もうや」

「その前に、みんなに打ち明けておきたいことがあるんですよ。課長と理事官には言いだせなかったんですが……」

「剣持ちゃん、まさか転職する気になったんじゃねえよな」

徳丸が神妙な顔つきになった。城戸と梨乃の表情も引き締まった。

「そうじゃないんだ」

剣持は笑顔で言ってから、個人的に検事殺しを調べはじめていたことを部下たちに話した。もちろん、経緯と経過も教えた。

「そういうことなら、ちょっと手間が省《はぶ》けたっすね。案外、早く片がつくかもしれないっすよ」

「そうね」

梨乃が城戸に同調した。すかさず徳丸が水を差した。

「世の中、そんなに甘くねえと思うぜ」

「徳丸《トク》さんの言う通りだろうね」

「剣持ちゃん、早く戸締まりをして、佳苗っぺの店に行こうや」

「そうしますか」

剣持は会議室に戻り、捜査費をスチールのキャビネットに収めた。ほどなく四人はアジトを出た。

行きつけの酒場は徒歩で数分の場所にあった。店に入ると、ママの佳苗が筑前煮《ちくぜんに》を大皿に盛りつけていた。

「あら、いらっしゃい！」

「佳苗っぺが売上の落ち込みに悩んでるころだろうと思って、来てやったんだ。ちっとは、ありがたがれよな」

「徳さん、恩着せがましいことを言うんだったら、来てくれなくても結構よ。野暮ったい男ね。もっと粋になんなさいよ」

「かわいげのない女だな。そんな具合じゃ、一生、結婚相手が見つからねえぞ」

「余計なお世話よ」

「そうかい！」

二人は、いつものように憎まれ口をたたき合いはじめた。

剣持は城戸と梨乃を従えて、奥の小上がりに向かった。後ろの部下たちは笑いを堪《こら》えていた。

剣持もにやつきながら、通路を進んだ。先客はいなかった。

4

大手ゼネコンの本社ビルに近づいた。

剣持は『東都建工』の数十メートル手前で、運転席の城戸に声をかけた。

「ここで停めてくれ」

「了解!」

城戸が黒いスカイラインをガードレールに寄せる。千代田区丸の内のオフィス街だ。

『はまなす』で痛飲した翌日の午後一時過ぎである。

徳丸・雨宮班は、藤巻検事担当の汚職で起訴された国会議員、財界人、高級官僚たちの身辺を探ることになっていた。

「おれたちは新聞記者《ブンヤ》になりすまして、『東都建工』に探りを入れてみることにしよう」

剣持は助手席で言った。

「どんな取材をすることにするんすか?」

「東北の被災地の復興工事の進み具合についてインタビューする振りをしようや。毎朝日報経済部の記者に化けるぞ。城戸、偽名刺は持ってるな?」

「持ってるっすけど、アポなしで広報部長が取材に応じてくれますかね。事前にアポを取らないと、取材には応じてくれないんじゃないっすか?」

「通常は、そうだろうな。しかし、パブリシティー記事に近い形で『東都建工』が復興事業で汗をかいてることを強調すると言えば、アポなしでも取材に応じると思うよ」

「主任、悪知恵が働くんすね」

「悪知恵じゃなく、駆け引きが上手だと言うべきだろうが？」

「いや、悪知恵っすよ」

城戸は譲らなかった。剣持は苦笑して、先に車を降りた。城戸が慌てて運転席から出る。

二人は『東都建工』の本社ビルに向かった。

十八階建てで、モダンな造りだ。強化ガラスが多用されていて、明るいイメージを与えている。剣持たちコンビは一階のロビーに入り、受付に直行した。受付嬢は三人もいた。左端の受付嬢に話しかける。

剣持は毎朝日報経済部の記者を装って、広報部長との面会を求めた。もっともらしい取材内容も伝えた。

案の定、受付嬢は困惑顔になった。

「アポなしの取材は前例がございませんので、すぐにインタビューは難しいと思いますが……」

「ええ、そうでしょうね。しかし、今回の特集記事は『東都建工』さんが採算を度外視して復興工事に精を出してる事実を大きく取り上げることになっていますので、企業イメージは間違いなくアップするでしょう」

「そういうご趣旨なのですか」

「ええ。御社には何十年も前から広告を出稿していただいているので、感謝の意味を込めて復興事業に力を入れてらっしゃることを広く読者に伝えたいんですよ」

剣持は言った。

「ありがたいお話です。そうしたことでしたら、即日取材も可能かもしれません」

「広報部長に打診していただけますか」

「はい」

受付嬢が内線電話をかけた。数分で、通話は終わった。

「広報部長の若宮滋人《わかみやしげと》がすぐ参りますので、奥の応接コーナーでお待ちいただけますでしょうか」

「わかりました。ありがとう！」

剣持は受付嬢に謝意を表し、城戸と奥に向かった。エレベーターホールのほぼ真横に応接コーナーがあった。

四つのソファセットが縦列に置かれ、衝立《ついたて》で仕切られていた。無人だった。剣持たちは端のセットに並んで腰かけた。壁側に坐ったのは城戸だった。

「主任、おれ、経済部記者に見えるっすか？」

「見えないな。ずっと運動部記者だったことにして、経済部に異動になったばかりだと言っておこう」

「了解っす」

「もっぱらおれが取材する真似《まね》をするから、そう不安がることないよ」

剣持は巨漢刑事の肩を軽く叩いた。まるでアメリカンフットボールのプロテクターを装着しているかのように肩の筋肉が盛り上がっている。

エレベーターの扉が割れたのは四、五分後だった。函《ケージ》から出てきた五十一、二歳の男が目礼し、歩み寄ってくる。広報部長の若宮だろう。

剣持たちはソファから腰を浮かせた。やはり、広報部長だった。

「毎朝日報経済部の中村です。部下は佐藤《さとう》といいます」

剣持は平凡な姓を騙《かた》って、偽名刺を若宮に渡した。連れの記者はごく最近、運動部から経済部に異動になったと偽った。城戸も偽名刺を差し出す。若宮が上着の内ポケットから、黒革の名刺入れを摑み出した。

名刺交換が済むと、三人は着席した。

「小社が損得抜きで福島の復興に力を入れていることを全国紙で取り上げていただけたら、大きな励みになります。企業は利潤を追求しなければなりませんが、社会的な貢献を忘れてはいけません」

「そうですね。復興事業の流れを詳しく教えていただけませんか」

剣持は広報部長に言って、卓上にＩＣレコーダーを置いた。若宮が得々と語りはじめた。録音スイッチを押す。

広報部長は『東都建工』が十年も東日本大震災の復興に貢献しているのは、いわゆるスタンドプレイではないと繰り返し述べた。

「そうなんでしょう。大手ゼネコンの中で、貴社が最も受注量が多いからな。民間のビルやマンション工事を請け負うよりも、利益率はずっと低いんでしょう？」

剣持は訊いた。

「はっきり言って、ほとんど儲けはありません。大手の他社さんはそんなことで、積極的に入札には参加しなかったんですよ。入札しても、わざと見積りを高くして……」

「落札しないようにしたんですね？」

「ええ、そうです。他社さんの悪口を言う気はありませんが、ビジネス面を重視してたら、企業イメージはよくなりません。小社は目先の利益よりも、社会に貢献することでイメージアップを図ることにしたわけですよ。そのことが後々、必ずプラスに働くという計算があったことは否定しませんが」

「企業イメージは大切ですよね。予定通り、記事をまとめるつもりです」

「よろしくお願いします。特集記事は、いつごろ掲載されるんでしょう?」

「二週間後には載る予定です」

城戸が先に答えた。

「それは楽しみだな」

「社員数は一万五千人近いんですよね、子会社を含めると」

「ええ、そうですね」

「社員の方たちに掲載紙を十部ずつ買っていただくと、十万五千部が駅売りで捌《は》ける計算になるな」

「そのくらいの協力はさせてもらいます」

「あっ、真に受けられちゃったんすね。冗談ですよ。新聞の購読者数が減少しつづけてるので、つい卑しいことを考えてしまったんです。でも、半分は冗談ですので」

「毎朝日報さんの広告出稿量を少し増やすことは可能です」

「若宮さん、そういう腥《なまぐさ》い話はやめましょう」

剣持は話に割り込んだ。

「は、はい。つい失礼なことを口走ってしまいました。ご容赦願います」

「別に不快に感じたわけではありません。われわれ記者は常に立ち位置を中立に保っておきたいだけです。何かメリットがあるからって、特定の企業をヨイショしたりはしないと申し上げたかっただけなんですよ」

「報道はどんなときも公平であるべきですからね」

「話題を変えましょう。貴社の復興工事に対するお考えはよくわかりましたが、少し気になる噂が耳に入ってるんですよ」

「悪い噂ですか？」

若宮が問い返した。

「ええ。『東都建工』さんが、大阪の浪友会の企業舎弟《フロント》の土木会社に五億円近い架空の工事代を払ったという噂があるんですよ。『浪友土木』は福島の復興工事に携わってたんですか？」

「いいえ、そういう社名の会社は二次や三次の下請け業者にも指定されていません。四次にも入ってないはずです」

「そうなんですか。噂は単なる中傷だったのかな。こちらが摑んだ情報だと、浪友会が貴社の不正や役員たちのスキャンダルの証拠を握って、企業舎弟に架空の工事代金を振り込ませたんだという話でしたが……」

「それは事実無根です。悪質なデマなんですよ。昔は暴力団とゼネコンは持ちつ持たれつの関係だったようですが、いま建設業界は闇社会とは繋がっていません。暴力団新法が施行されてから、きっぱりと腐れ縁を絶ったんです」

「表向きは、そういうことになってますね。しかし、現実には現在も暴力団の息のかかった建設会社や土木会社がゼネコンの三次、四次の下請け仕事をやっています」

剣持は、若宮が視線を泳がせたのを見逃さなかった。

「末端の業者についても、二次の会社にきちんと報告させています。しかし、反社会と関わりのある業者はいないはずですよ。ええ」

「部長がそうおっしゃるなら、そうなんでしょう。それとは別に、ほかにも悪い噂が耳に入ってるんですよね」

「ライバル会社が妙な噂を流してるんでしょう。参考までに、そのデマについても聞かせてください」

「関東誠仁会のことは、ご存じでしょ？」

「ええ、その組織の名は知っています。関東やくざの御三家に次ぐ勢力を誇っていますから」

「関東誠仁会の石岡忠男総長がアメリカの病院で肝移植手術を受けたとき、手術費及び滞在費およそ二億円を貴社に肩代わりさせたという噂が流れてるんですよ」

「本当ですか⁉」

「ええ。石岡は浪友会が『東都建工』さんから五億円近い架空工事代をせしめた事実を恐喝材料にして、二億円あまりを提供させたという話でしたね」

「小社が脅迫に屈したなんて考えられません。元検事の顧問弁護士を三人も抱えてますんで、闇の勢力は近寄らせませんよ」

「しかし、会社に何か大きな弱みがあったら、追っ払うことはできないでしょう？」

「わたしは、会社には特に弱みなんかないと信じています」

「若宮さんのお立場では、そう答えるしかないでしょうね。役員たちが相談して、石岡総長に約二億円を提供したのかもしれないな」

「そういうことはなかったと思いますが……」

「それはそうと、七月五日の夜、東京地検特捜部の藤巻という検事が大崎署管内で殺害されたんですが、その事件のことは？」

「記憶に新しいですね。確か金属バットで撲殺されたんじゃなかったかな」

「その通りです。藤巻検事は、石岡総長と浪友会が貴社から口止め料を脅し取ったことの裏付けを取ってたようなんですよ」

「えっ」

「恐喝のことが表沙汰《おもてざた》になったら、貴社、石岡、浪友会はまずいことになります。藤巻検事の口を封じる気になっても、別におかしくはないでしょ？」

「ま、待ってください。小社が検事殺害事件に関与してると疑ってるんですか⁉」

若宮が目を剝《む》いた。

「噂が事実なら、疑惑はゼロじゃないでしょう。大手ゼネコンが暴力団に強請《ゆす》られてた事実が明るみに出たら、社会的な信用を失います。下手をしたら、倒産に追い込まれかねません。それを防ぐには、都合の悪い人間を抹殺《まっさつ》するほかないでしょ？」

「当社は大企業です。そのへんの建設会社じゃありません。仮に裏社会の連中に因縁《いんねん》をつけられたとしても、ギャングみたいなことはしませんよ」

「そうなら、特捜部検事の口を塞《ふさ》いだのは関東誠仁会の総長か浪友会なのかもしれないな」

「あなたは噂が事実だと思ってるようですが、単なるデマですよ。ええ、そうに決まってる」

「噂の真偽がはっきりするまで、記事は書かないほうがよさそうだな。デマだとわかったら、失態を演じることになりますのでね」

「噂は、根も葉もない中傷ですよ。ですので、特集記事は予定通りに掲載してください。お願いします」

「よく考えてみますよ。話は飛びますが、門脇博之という男が『東都建工』さんに何らかの形で関わってませんか？」

「その名には、まったく聞き覚えがありませんね。何者なんです？」

「少女売春クラブを経営してた男ですよ。一昨日《おととい》の夜、自宅近くで交通事故死してしまいましたがね。その門脇は藤巻検事を罠に嵌めて、少女買春の客に仕立てようとしたんです」

「そんないかがわしい人物が当社と関わりがあるわけないでしょ！」

「大手商社の中には、大きな商談の担当者に若い娘をベッドパートナーとして提供してる会社もあるそうです。この会社ではありませんが、準大手のゼネコンが公共事業を落札したくて、国土交通省の幹部役人に少女娼婦を与えたケースもあるようですよ」

「だからって、うちの会社が接待用に売春クラブから女の子たちを呼んでたと疑うなんて無礼ですっ」

「確かに礼を欠いてますよね。しかし、どんな大会社も大きく儲けるためには、裏で汚いことをやっています」

「きれいごとばかりじゃないことは認めますよ。でもね、当社は仕事欲しさに取引相手に女までは提供してません。料亭や高級クラブで接待することはありますが」

「広報部長は、そのあたりの裏事情は知らないかもしれないな。しかし、総務部長あたりなら、そのへんのことは知ってそうですね。若宮さん、総務部長を紹介してくれませんか？」

「あいにく総務部長は、夏休みを取ってて出社していません」

「そういうことなら、仕方ないな。これで、引き揚げます。特集記事のことは前向きに検討しますが、貴社に関する妙な噂が事実だったら、話はなかったことにしてもらいますよ。いいですね？」

「そ、そんな!?　噂は悪質な中傷ですよ。わたしの言葉を信じてください」

「少し時間がほしいな。そういうことで……」

剣持は椅子から立ち上がった。若宮が長嘆息した。城戸が腰を上げる。

「失礼します」

剣持は若宮に言って、歩きだした。城戸が大股で追ってくる。

二人は外に出た。

「主任、際どい揺さぶり方をしましたね。自分、ちょっと心配になったすよ」

「あんなふうに強くゆさぶらないと、何も得られないと思ったんだ」

「広報部長は何か隠してる感じだったっすね？」

「城戸も、そう感じたか。おれの心証では、『東都建工』は浪友会に五億円近い金をせびられてるな。その弱みを知った関東誠仁会の石岡総長にも、肝移植の手術代と滞在費を毟《むし》られたんだろう」

「そうなんだと思うっすね。門脇博之が『東都建工』と結びついてるかどうかは、自分、読み取れなかったっすけど。主任はどうでした？」

「おれも、その点は読み取れなかったよ。城戸、これから歌舞伎町の関東誠仁会の本部事務所に回ろう」

「了解です。けど、総長の石岡忠男は本部にはいないんじゃないっすかね。多分、下落《しもおち》合《あい》の自宅にいるでしょう」

「本部事務所にいなかったら、石岡の家《ヤサ》に行こう」

剣持は城戸に言って、スカイラインに駆け寄った。

第二章　透けた悪謀

1

外観が異様だった。

壁面は真っ黒で、一・二階の窓の半分は厚い鉄板で覆われていた。防弾用だ。防犯カメラは五台も設置されている。関東誠仁会の本部事務所だ。間口《まぐち》はそれほど広くないが、六階建てだった。持ちビルだ。

「代紋や提灯《ちょうちん》を掲げることは暴力団新法で禁じられてるが、すぐに暴力団の事務所だとわかるな」

剣持は運転席の城戸に言って、視線を延ばした。

本部事務所の前には、ベンツとベントレーが駐《と》められている。二台とも黒塗りだった。

幹部たちが好む外車だ。

「ひょっとしたら、石岡総長は本部事務所にいるのかもしれないっすね。ベントレーやロールスロイスに乗ってるのは、理事クラス以上の大物が多いですから」

「そうだな」

「おれ、ちょっと様子を見てくるっすよ」

「城戸、まさか本部事務所に入るんじゃないだろうな？」

「そんなことしないっすよ。組対《そたい》にいたころに面《つら》を合わせた組員が何人もいるんで、事務所には入れない。本部事務所の並びの飲食店で聞き込みをするっすよ」

城戸が静かにスカイラインを降りた。肩を振りながら、本部事務所に向かった。

通行人たちは城戸がやくざに見えたらしく、次々に道の端に寄った。誰もがうつむき加減だ。

剣持は一服する気になった。

セブンスターをくわえかけたとき、刑事用携帯電話《ポリスモード》に着信があった。ポリスモードを上着の内ポケットから摑み出す。

発信者は、本庁機動捜査隊の菊地主任だった。

「こないだはご馳走になりました。連絡が遅くなりましたが、藤巻検事を逆恨みしてる

いてました」

「はい。能登勝也《のとかつや》、四十六です。三年前に収賄で起訴されるまで、財務省の課長職に就いてました」

「そいつのことを詳しく教えてくれないか」

元官僚がいましたよ」


「検挙したのは藤巻修平だったんだな？」

「ええ、そうです。能登は族議員に五百万円貰《もら》って、霞が関埋蔵金を二億ほど着服したんですよ。それで、二年半の有罪判決を受けたんです。執行猶予が付いたんで、刑務所行きは免れましたが、懲戒免職になって退職金も貰えませんでした」

「で、いまは何をやってるんだ？」

剣持は訊いた。

「家電会社の倉庫番をやっています。妻子にも去られ、しばらく酒に溺《おぼ》れてたようです。キャリア官僚の自分が落ちぶれたのは藤巻修平の安っぽい正義感のせいだと、春先から検事の命を狙ってたみたいなんですよ。庖丁を隠し持って、藤巻検事を一カ月ほど尾《つ》けてたんです。しかし、人殺しをする度胸はなかったんでしょうね。それで、能登はネットの裏サイトに次々にアクセスするようになったんです」

「代理殺人を請け負ってくれる奴は見つかったのか？」

「いいえ。実は、自分、午前中に能登の自宅アパートに行ってきたんですよ。追及したら、元官僚は殺しの実行犯を捜してたことは認めました。ですが、成功報酬は最低六百万円だと言われたんで、復讐は諦《あきら》めたんだそうです」

「本当にそうなんだろうか」

「能登の現在の手取り月給は二十三万円弱ですから、六百万はとうてい捻出《ねんしゅつ》できないでしょう。誰かにそれだけの金を借りる当てもないと思いますよ」

「そうだろうな」

「七月五日の夜、能登はいつも通りに午後十時から翌朝六時まで倉庫の警備に当たってました。本人が実行犯であることはあり得ません。藤巻検事に検挙された別の政治家や経済人たちのことを調べてみたんですが、怪しい者はいませんでした」

「菊地は、そこまでやってくれたのか。悪かったな。そのうち、スタンド割烹《かっぽう》に連れていくよ」

「そんな気遣いは無用です。それより、剣持さんのほうに進展はあったんですか？」

「いや、まだ手がかりは得られてないんだ」

「そうですか。お役に立てなくて申し訳ありません」

菊地が電話を切った。

剣持は通話終了ボタンを押した。ポリスモードを耳から離したとき、今度は徳丸から電話がかかってきた。

「雨宮と一緒に藤巻に起訴された国会議員、財界人、官僚たちの近況を周辺の人間から教えてもらってるんだが、どいつも尾羽打ち枯《おはうか》らしてて、仕返しする気力もねえみたいだな」

「そうですか」

「剣持ちゃん、『東都建工』のほうはどうだった？」

「大手ゼネコンが浪友会と関東誠仁会の石岡総長に強請《ゆす》られて、それぞれに多額の金を脅し取られたという感触は得ました」

剣持は、広報部長の反応について詳しく喋った。

「なら、『東都建工』が藤巻に罠を仕掛けたんじゃねえのかな。『ヴィーナス・クラブ』のオーナーだった門脇博之は、大手ゼネコンの接待相手に未成年の娼婦たちを派遣してたのかもしれないぜ」

「おれもそう推測したんで、若宮という広報部長に鎌をかけてみたんですよ。しかし、門脇のことはまったく知らないと言ってました」

「空とぼけたんじゃねえのか。門脇を使って藤巻を懲戒免職に追い込もうという作戦は失敗に終わった。で、『東都建工』は殺し屋《プロ》に検事を葬《ほうむ》らせた疑いがあるな」

「徳丸《トク》さん、極秘捜査を開始したばかりなんです。じっくり調べてみましょうよ」

「おれは元スリ係だから、殺人犯捜査を長くやってきた剣持ちゃんみたいに事実を一つずつ積み重ねていくことが苦手なんだ。チームの足を引っ張ってるんだったら、おれは脱《ぬ》けたほうがいいのかもしれないな」

「何を言ってるんですか、徳丸《トク》さん！　徳丸《トク》さんのおかげで犯人《ホシ》を割り出せたこともあったんですから、もっと自信を持ってくださいよ」

「う、うん」

「いま城戸とおれは、関東誠仁会の本部事務所の近くにいるんです。石岡総長にも検事殺しの動機はあるわけですから、ちょっと探ってみる必要はあるでしょ？」

「そうだな。動機は浪友会にもあるぜ。石岡が捜査本部事件にタッチしてなかったら、チームの誰かが大阪に行ってみたほうがいいな」

「『東都建工』と石岡がシロなら、もちろん浪友会も洗うつもりです。徳丸《トク》さん、夕方になったら、雨宮と一緒に門脇の自宅に行ってくれませんか」

「今夜、旗の台の自宅で通夜が営まれることになってるんだな。門脇の家《ヤサ》に身内が集まってれば、故人の友達《ダチ》や知り合いも弔問に訪れそうだね」

「ええ、多分。門脇の友人や知り合いから何か手がかりを得られるかもしれないんで、故人宅に回ってほしいんですよ」

「わかった。剣持ちゃんたちは石岡忠男を揺さぶるんだな？」

「護衛の男たちをうまく総長から引き離すことができたら、そうする予定です」

「二人とも、丸腰じゃないよな？」

「ええ。おれはグロック32、城戸はマウザーM2を携行してます」

「それでも、二人とも油断するなよ。相手は堅気じゃねえんだからさ。何か動きがあったら、また連絡すらあ」

徳丸が通話を切り上げた。

それを待っていたように、私用のスマートフォンが着信した。発信者は別所未咲だった。

「直樹さん、真澄から電話があった？」

「いや、電話はないよ」

「そう。彼女、遠慮したのね。直樹さんの個人的な捜査がどのくらい進んでるのか知りたがってたんで、直接、電話をしてみたらと言っといたんだけど」

「真澄さんのもどかしい気持ちはわかるが、まだ調べははじめたばかりだからな」

「ええ、そうね。直樹さんをせっつく気はなかったんだけど、悲しみにくれてる真澄のことを考えると……」

「未咲は後輩思いなんだな」

「真澄は三十二歳で未亡人になってしまったんだから、周りの者が支えてあげないと、かわいそうでしょ？」

「そうだな」

「真澄は、亡くなったご主人をかけがえのない存在と思ってたにちがいないわ。それだから、ショックで五キロ近くも痩《や》せてしまったんでしょうね。犯人が逮捕されれば、少しは悔しさが薄れると思うの」

「そうだろうな。しかし、悲しみと哀惜《あいせき》の念は何年も消えないんじゃないか。未咲、彼女を見守ってやれよ」

「もちろん、そのつもりでいるわ」

「こっちも、できるだけのことはする。犯人の目星がついたら、すぐ教えるよ。もうしばらく時間をくれないか」

「わかったわ」

「真澄さんによろしく伝えてくれないか」

剣持は電話を切った。スマートフォンを懐に戻す。

煙草を吹かしていると、城戸が戻ってきた。

「石岡総長の車は、白のロールスロイス・ファントムらしいっすよ。本部事務所には、まだ来てないですね。というより、来るかどうかわからないなあ」

「そうだな。多分、下落合の自宅にいるんだろう。城戸、石岡の自宅に向かってくれ」

剣持は指示して、セブンスターを灰皿の中に突っ込んだ。

スカイラインが走りはじめた。本部事務所は歌舞伎町二丁目にある。新宿区役所通りと花道《はなみち》通りがクロスする交差点の近くだった。

車は花道通りから小滝橋《おたきばし》通りに入った。百人町《ひゃくにんちょう》を抜けると、城戸が口を開いた。

「本部事務所の前に黒いベントレーが駐《と》めてあったっすよね。あの車は、直参若頭《じきさんわかがしら》の足立秀幸《あだちひでゆき》の車だそうです」

「足立のことを詳しく教えてくれ」

「わかりました。足立は五十四歳で、十代のころから石岡の舎弟として仕えてきた男です。喧嘩が強いんすけど、ただの武闘派じゃないっすよ。頭《ペテン》も切れるんです。高校中退だけど、知識欲は旺盛なんでしょう」

「そんなことで、ずっと石岡に目をかけられてたんだな？」

「ええ、そうなんです。関東誠仁会には大卒のインテリやくざが十人近くいるんすけど、貫目《かんめ》の上がった石岡に引き立てられて、足立も出世したんすよ」

「足立に前科《マエ》は幾つあるんだ？」

「確か二十代の半《なか》ばに傷害で一度だけ服役してるだけっすよ。足立は腕っぷしが強いんすが、もっぱら経済やくざとして暗躍してきたんです。会社整理とか手形のパクリなんかで甘い汁を吸ってるんですよ」

「そうなら、企業恐喝も重ねてきたと考えられるな」

剣持は言った。

「そうっすね。おそらく石岡総長の肝移植手術代と滞在費を工面《くめん》したのは、若頭の足立なんだと思います。体調が悪かった総長自身が『東都建工』に乗り込んで、浪友会の企業舎弟に架空の工事代を五億近くも払ってたことを恐喝材料にして、口止め料を要求したとは考えにくいっすから」

「きっと足立が『東都建工』の弱みを握って、約二億円をせしめたにちがいない。しかし、関東誠仁会が検事殺しに絡んでるとしたら、石岡総長が抹殺指令を下したんだろう」

「自分も、そう筋を読んでるっす」

城戸が口を閉じ、運転に専念しはじめた。

スカイラインは高田馬場《たかだのばば》を突っきり、下落合の住宅街に入った。やがて、下落合三丁目にある石岡の自宅に着いた。

目白通りの少し手前にある総長宅は、ひと際目立つ豪邸だった。敷地は優に三百坪はあるだろう。庭木が多く、奥にある三階建ての洋風住宅は半分しか見えない。

剣持は、車を石岡邸の二軒手前の生垣《いけがき》に寄せさせた。

閑静な住宅街には、人っ子ひとり見当たらない。日中に動き回るのは賢明ではないだろう。しかし、ただ車の中で張り込んでいても、石岡の行動パターンは予想できない。

「おまえは車の中で待機しててくれ」

剣持は城戸に言って、ごく自然に助手席を出た。そのとたん、尖《とが》った陽光が全身を灼《や》きはじめた。

路面は陽《ひ》に炙《あぶ》られている。揺らめく陽炎《かげろう》は濃かった。

剣持は通行人を装って、石岡邸の前をゆっくりと通り抜けた。

門扉の隙間から邸内を覗《のぞ》くと、木陰の下にアフガンハウンドが寝そべっていた。大型犬の首輪から引き綱《リード》は外されていた。昼間は庭で放し飼いにされているのだろう。

大きな車庫には、白いロールスロイス・ファントムと黒いリンカーン・コンチネンタルが並んでいた。総長が邸内にいることは間違いなさそうだ。

剣持は踵《きびす》を返した。

陽が大きく傾いたら、石岡は愛犬を散歩させるのではないか。ボディーガードも一緒だろう。そのとき、関東誠仁会の首領《ドン》に迫れるのではないか。剣持はそう考えながら、スカイラインに戻った。

チームが使っている二台の車は、『桜田企画』の名義になっていた。捜査車輌と見破られる心配はなかった。

「石岡は自宅にいたんすか？」

城戸が問いかけてきた。

「それは確認できなかったが、庭の木陰にアフガンハウンドが寝そべってたよ。石岡総長の愛犬なんだろう」

「そうなんだと思うっす」

「夕方になったら、石岡は飼い犬を散歩させるだろう。そのとき、総長に迫るぞ。護衛の若い衆はハンドガンを見れば、おとなしくなると思うよ」

「ええ、多分ね。けど、犬はおれたちに吼《ほ》えまくるんじゃないっすか。石岡がアフガンハウンドをけしかけたら、跳《と》びかかってくるだろうな」

「大型犬が襲いかかってくる気配を見せたら、おれがグロック32の銃口を石岡の脇腹に突きつける。おまえはマウザーM2でボディーガードを威嚇《いかく》してくれ」

「了解です。石岡はアフガンハウンドをおとなしくさせてくれるっすかね。もしかしたら、飼い犬をけしかけつづけるかもしれないっすよ」

「おれたちに危害を加えたら、愛犬は撃ち殺されることになるかもしれないと石岡は考えるだろう」

「主任に異論を唱える形になるっすけど、住宅街の中で発砲できないと石岡は、考えるんじゃないですか?」

「総長は、おれたちが何者か知らない。二人がハンドガンをちらつかせれば、素人《トウシロ》とは思わないだろう。アウトローなら、犬も平気で射殺すると思うんじゃないか?」

「そうか、そうかもしれませんね。だとしたら、石岡は愛犬をなだめそうだな」

「万が一、アフガンハウンドがおれたちに襲いかかってきたら……」

「撃っちゃいます?」

「いや、犬には罪がないんだ。威嚇射撃して、ひとまず退散しよう」

「どっちかの足を撃てば、アフガンハウンドも闘う気力をなくすと思うっすよ」

「しかし、発砲したら、住民がすぐに一一〇番するだろう。いったん姿を消したほうがいいな」

「そうっすかね。石岡が愛犬を散歩させるんじゃなく、ボディーガードをひとりか二人連れて近くの飲食店にでも出かけてくれりゃ、一番いいんすけどね」

「そうだな。しかし、それを期待するのは甘いだろう。石岡が飼い犬を散歩させたら、さっきの段取りで公園の奥にでも連れ込もう」

「了解っす」

「おっと、言い忘れてた。おまえが関東誠仁会の本部事務所の並びの飲食店に入ってるとき、徳《トク》丸さんから電話があったんだ」

剣持は通話内容をかいつまんで伝えた。

「藤巻検事に起訴された政財界人や高級官僚の中には、容疑者はいないんすかね」

「まだ断定的なことは言えないが、そっちの線じゃないのかもしれないな。夕方になったら、徳丸・雨宮班には門脇の自宅に回って、弔問客から情報を集めてくれるよう頼んだんだよ。検事を少女買春の客に仕立てた人間が本部事件の加害者とも考えられるからな」

「そうっすね。そいつは、検事が告発する気でいた三つの事案のどれかに絡んでる疑いが濃いんでしょ？」

「と思うよ。夕方になるまで、体を休めててくれ」

「そうさせてもらいます」

城戸が背凭《せもた》れを一杯に倒して、上体を預けた。剣持もヘッドレストに頭を密着させた。

時間が流れ、太陽が西に沈みはじめた。

その直後、石岡邸からアフガンハウンドが出てきた。引き綱《リード》を握っているのは、五十二、三歳の女性だった。エプロン姿だ。

「お手伝いさんが大型犬の散歩をさせてるようっすね」

城戸が言った。

「予想外の展開になったな」

「そうですね。お手伝いさんらしい彼女に声をかけても、何も知らないでしょ？　主任、どうしますか。もうしばらく総長宅に張りついてみます？」

「車を関東誠仁会の本部事務所に戻してくれ。作戦を変更して、若頭の足立を揺さぶってみよう」

剣持は言って、坐り直した。部下がスカイラインを発進させた。

2

ベントレーは駐められたままだった。

若頭の足立は、まだ本部事務所にいるようだ。部下の城戸がスカイラインを停め、手早くヘッドライトを消す。

「エンジンも切ったほうがいいんだが、それじゃ車内がサウナみたいになっちゃうからな」

剣持は言った。城戸が小さくうなずく。

張り込んで数十分が流れたころ、梨乃から剣持に電話がかかってきた。

「少し前に弔問に訪れた『ヴィーナス・クラブ』の雇われ店長から気になる証言を得られました。門脇は『東都建工』と繋がってましたよ」

「雨宮、詳しく話してくれ」

「はい。店長の話によると、事故死した門脇は『東都建工』の総務部長の沖克弥《おきかつや》に頼まれて、『ヴィーナス・クラブ』の女の子たちを接待用のセックスペットとして派遣してたらしいんです。国土交通省や各県庁の幹部職員の中には、ロリコン趣味のおじさんたちが結構いるみたいですよ。青い果実を食べた男たちは、例外なく『東都建工』に公共施設や道路の工事を落札させてたそうです」

「藤巻検事は、門脇と『東都建工』の繋がりを調べ上げてたんだろう」

「そうだとしたら、特捜部検事に罠を仕掛けたのは『東都建工』とも考えられますね。公共事業を得るために未成年の少女たちをセックスペットにしてたことが暴かれたら、大変なスキャンダルになります」

「雨宮の言う通りだな。『東都建工』は藤巻が懲戒免職にならなかったんで、犯罪のプロに検事を始末させたんだろうか」

「そう疑えなくもありませんよね。徳丸《トク》さんも『東都建工』が疑わしいと言ってます」

「そうか。故人の友人たちは弔《とむら》いに訪れたのか？」

「三人の男性が弔問にやってきましたが、門脇が少女売春クラブのオーナーだということも知りませんでした。故人の友達や知人からは、おそらく新情報は得られないでしょうね」

「通夜の客の中に『東都建工』の関係者は混じってなかったろうな？」

「ええ、いませんでした。ゼネコンの社員が弔問に訪れたら、自ら墓穴を掘ることになりますんで、多分、誰も……」

「通夜には顔を出さないだろうな」

「でしょうね。徳丸さんはここでの情報収集を切り上げて、沖総務部長を直《じか》に揺さぶってみたほうがいいのではないかと言ってるんですよ。主任、どうしましょう？」

「総務部長の沖は、まだ会社にいるんだろうか」

「いいえ、もう職場を出たそうです。わたし、さっき『東都建工』に偽電話をかけて、沖が社内にいるかどうか探りを入れたんですよ」

「そうか。で、沖克弥の自宅はわかってるのかな？」

「本庁《うち》の交通部運転免許本部に照会して、沖の自宅の住所を教えてもらいました。北区豊島《としま》四丁目に住んでます」

「雨宮、徳丸《トク》さんと一緒に沖の自宅に行ってくれ。おれと城戸は、若頭の足立を揺さぶってみる」

剣持は石岡総長に迫れなかった理由を手短に述べて、通話を切り上げた。すぐに城戸に梨乃の報告内容を教える。

「若宮広報部長は門脇なんか知らないと言ってましたけど、そんな接点があったんですか。となると、『東都建工』が藤巻検事を罠に嵌めた疑いが濃いっすね。けど、作戦通りに事が運ばなかったんで、殺し屋《プロ》を雇って藤巻修平を始末させた。そういう流れだったんじゃないのか」

「そうなのかもしれないな。だが、関東誠仁会と大阪の浪友会も怪しいことは怪しい。どっちも『東都建工』の弱みにつけ入って、約二億と五億円近い金を脅し取ってるんだ」

「ええ、そうっすね」

「おれたちは、予定通りに足立に揺さぶりをかけてみよう」

「了解す。足立に警察手帳《チョウメン》見せて、追い込んじゃいますか？」

城戸が問いかけてきた。

「関東誠仁会が捜査本部事件にタッチしてなかったら、ちょっと面倒なことになりそうだ。身分を明かすのは得策じゃないな。城戸、おれたちは浪友会の極道に化けよう」

「読めたっすよ。浪友会の恐喝《カツアゲ》を出しにして関東誠仁会が石岡総長の肝移植手術費なんかを『東都建工』に負担させたことに、関西の極道たちが腹を立ててるって筋書きなんですよね？」

「そうだ」

「いい手じゃないっすか。大阪の極道になりすませば、足立を手荒く締め上げても別に問題ないでしょうからね」

「そうだな」

「主任は敏腕刑事っすけど、悪党《ワル》の要素もあるんですね。悪知恵が働くんで、自分、びっくりしてるっすよ」

「こういう場合、どう反応すべきなのか」

剣持は肩を竦《すく》めた。城戸が曖昧《あいまい》に笑う。

本部事務所から五十年配の男が現われたのは午後八時半過ぎだった。恰幅《かっぷく》がいい。精悍《せいかん》な風貌だ。

「若頭の足立っすよ。お供を連れてないから、多分、これから愛人《レコ》んとこに行くんでしょう。大幹部でも情婦《おんな》に会いに行くときは、ひとりのことが多いっすから」

「そうなのかもしれないな。城戸、慎重にベントレーを追尾してくれ」

「はい」

部下が坐り直した。剣持は視線を延ばした。

足立がベントレーの運転席に腰を沈めた。高級外車のライトが灯された。城戸はベントレーが数十メートル遠のいてから、スカイラインのメインライトを点けた。車が発進された。

ベントレーは花道通りを少し走って、風林《ふうりん》会館前の交差点を左折した。区役所通りをたどり、職安通りを左に曲がった。

スカイラインも左折し、徐々に加速した。

それから間もなく、路上駐車中の旧式の黒いクライスラーが急発進してスカイラインの進路を妨害した。対向車は途切れない。

「対向車線には出られないっすね」

城戸が舌打ちして、ホーンを高く轟《とどろ》かせた。それでも、大型米国車は斜めに停止したままだ。ハンドルを切ろうともしない。

「クライスラーに乗ってる二人の男は、関東誠仁会の構成員だろう。おそらく男たちは、ベントレーを逃がしたんだろうな」

「そうなんすかね。くそっ」

「足立の車はスピードを上げて、見えなくなったな」

剣持は呟《つぶや》いた。城戸が忌々《いまいま》しげに警笛を長く鳴らした。ようやくクライスラーの運転者がステアリングを大きく切り、車を路肩に寄せた。

すぐに車内から二人の男が降り、裏通りに走り入った。慌てた様子ではない。逃げると見せかけているだけだろう。

「クライスラーに乗ってた二人は、おれたちを暗い場所に誘い込む気なんだと思うよ。

城戸、車をクライスラーの真後ろに停めてくれ」

「はい」

巨漢刑事がスカイラインをガードレールの際《きわ》に停めた。剣持は先に助手席から出て、二人組が足を踏み入れた脇道まで走った。

闇を透かして見る。

二人の男は、だらだらと歩いている。片方は時折、後ろを振り返った。剣持たちを人《ひと》気《け》のない場所に誘い込む気なのだろう。

車を降りた城戸が駆け寄ってきた。

「主任、二人組はどうしたっすか？」

「ゆっくりと前を歩いてるよ。おれたちを暗い場所で痛めつけて、正体を吐かせるつもりでいるにちがいない」

「そうなんでしょうね。関東誠仁会の構成員の誰かがスカイラインが長く路上駐車してることを怪しんだんだな。それで、足立の車を逃がしたんすね？」

「それは間違いないだろう」

剣持たちは脇道に入ると、小走りに走りだした。予想は正しかった。二人組は右手にある大久保《おおくぼ》公園に入った。

ハローワーク新宿歌舞伎町庁舎の裏手にある長方形の公園だ。以前はホームレスたちがベンチに寝転がっていたが、誰もいなかった。

公園の背後には、東京都健康プラザ『ハイジア』がそびえている。ヘルスミュージアム、レストラン、ショップなどがあるはずだ。

剣持は部下と園内に足を踏み入れた。

二人組は、園内のほぼ中央に立っていた。剣持は目を凝《こ》らした。ともに三十歳前後で、ひとりは坊主頭だった。もう片方は口髭《くちひげ》をたくわえている。

「なんで進路を妨害したんだっ」

城戸が男たちを大声で詰《なじ》った。すると、坊主頭の男が口を開いた。

「てめえらが目障《めざわ》りだったからよ。スカイラインのナンバーを陸運局の支局で調べたぜ。『桜田企画』って会社の名義になってたな。神戸の最大勢力の企業舎弟《フロント》なんじゃねえのか。え？」

「おれたちは堅気だよ」

「ざけんじゃねえ！　てめえは、どっから見ても極道だろうがよっ。てめえら、関東やくざをなめんじゃねえぞ」

「吼《ほ》えるな。そんなふうに凄《すご》んでたんじゃ、いつまでも貫目は上がらないぜ」

剣持は嘲笑《ちょうしょう》した。挑発だった。

坊主頭の男がいきり立って、前蹴りを放った。剣持は軽やかにバックステップを踏み、すぐ前に跳んだ。相手の腹に拳《こぶし》を叩き込み、アッパーカットで顎《あご》を掬《すく》い上げる。

坊主頭の男が呻いて、上体をのけ反《ぞ》らせた。そのまま尻から地面に落ち、仰向けに引っくり返った。

「てめーっ！」

口髭を生やした男が気色《けしき》ばみ、城戸に組みついた。城戸が相手を捻《ひね》り倒し、脇腹を蹴り込んだ。鋭い蹴りだった。

口髭の男が長く唸《うな》って、胎児のように体を丸めた。城戸がしゃがみ、男たちの体を探る。

「どっちも丸腰っす」

「そうか。二人とも、まだ安い中国製トカレフのノーリンコ54も与えられてないようだな。ノーリンコ54も持たせてもらえないんじゃ、おまえらは準構成員なんだろう」

「おれたちは、ちゃんと盃《さかずき》を貰ってらあ。必要なときは、兄貴たちのタウルスPT145を使わせてもらってんだ」

坊主頭の男が言い返した。

「ブラジル製の安価な拳銃《ハンドガン》か。やっぱり、おまえらはチンピラだな」

「て、てめえ、ぶっ殺すぞ！」

「虚勢を張るんじゃない」

剣持は坊主頭の男の上体を引き起こし、利き腕で頬《ほお》を強く挟みつけた。ほどなく相手の顎の関節が外れた。

坊主頭の男は喉の奥を軋《きし》ませながら、のたうち回りはじめた。涎《よだれ》を撒《ま》き散らしつつ、転げ回った。城戸が心得顔で、もう片方の男の顎の関節を外した。口髭を生やした男が同じように体を左右に振って、涎を垂らしつづけた。

「そのうち素直になるだろう」

剣持は部下に言って、ゆったりと紫煙をくゆらせた。

煙草の火を踏み消してから、坊主頭の男の上体を引き起こす。顎の関節を元通りにしてやると、男が長く息を吐いた。

「まだ粋《いき》がるつもりなら、次はグレーシー柔術の裸絞めで気絶させるぞ。喉を思い切り圧迫すれば、おまえは確実に死ぬ」

「もう勘弁してくれよ」

「おまえの名は？」

「白井《しらい》だよ。横に転がってるのは富樫《とがし》ってんだ。おれたちは同じ年《タメ》で、同じころに関東誠仁会に足《ゲソ》つけたんだよ」

「そうか。若頭の足立におれたちの正体を突きとめろって命じられたんだな？」

「そんなことまで言わねえよ」

「おまえがそう出てくるなら、裸絞めで気を失わせるぞ」

「や、やめてくれーっ」

「おれの質問に答えるんだ」

「そうだよ。若頭《カシラ》に言われたんで、おたくたちの車を立往生させたんだ」

「足立の家《ヤサ》はどこにある？」

「若頭は中野坂上《なかのさかうえ》に住んでるんだけど、きょうは別のとこに泊まると思うよ」

「愛人《レコ》の名前は？」

「それは……」

「時間稼ぎはさせないぞ」

剣持は、白井と名乗った男の腹に蹴りを入れた。白井が前屈みになって、唸り声をあげた。

「もう一度、顎の関節を外してやるか。裸絞めで落とす前にな」

「湯浅純名《ゆあさじゅんな》だ。元グラビアアイドルで、二十七、八歳だよ。若頭《カシラ》が借りてやってる一軒家は中野区上高田《かみたかだ》五丁目十×番地にあるんだ。西武新宿線の新井薬師《あらいやくし》駅の近くだよ」

「やっと素直になったな。ごほうびをやろう」

剣持は屈み込み、ふたたび白井の顎の関節を外した。白井が、また転げ回りはじめた。

「こいつらをどうするっすかね。足立にこっちのことを喋りそうですから、クライスラーを近くまで持ってきて、トランクに閉じ込めておきますか？」

「そんな手間をかけることもないだろう。二人のベルトを引き抜いて、顎を外した状態で奥の樹木の幹に縛りつけておこう」

「それは名案っすね。おれは、富樫って奴を縛りつけます」

「ああ、そうしてくれ」

剣持は城戸に応じて、白井を肩に担《かつ》ぎ上げた。城戸はもがき苦しんでいる口髭の男を横抱えにすると、先に植え込みの中に入った。

剣持も白井を繁みの奥まで運び、肩から振り落とした。白井はどこかを打ちつけたらしく、痛みを訴えた。

剣持は白井のベルトを引き抜くと、樹木の根方《ねかた》に坐らせた。両腕を後ろに回し、ベルトで両手首をきつく括《くく》る。白井が全身でもがいて、何か訴えた。だが、発した声は言葉になっていなかった。

剣持は黙殺した。

城戸が近くの樹木に富樫を縛りつけ終えた。白井と富樫は、ほぼ同時に唸り声をあげた。許しを乞《こ》うたのだろう。

「足立に余計なことを喋られたくないんだよ。しばらく我慢してくれ」

剣持は白井たちに言って、植え込みを出た。城戸と肩を並べ、大久保公園を後にする。

二人は急ぎ足で職安通りに引き返した。

スカイラインに乗り込むと、城戸はカーナビゲーションに湯浅純名の自宅の住所を打ち込んだ。

「足立の愛人宅に行こう」

剣持は部下に声をかけた。城戸が車を走らせはじめる。カーナビゲーションのアナウンスに従って、スカイラインは上高田五丁目をめざした。

足立の愛人宅に着いたのは、二十数分後だった。

敷地は六十数坪だろうか。車庫には、赤いミニクーパーとベントレーが並んでいた。平屋だが、割に大きい。間取りは３ＬＤＫぐらいか。家の照明は灯っていた。

剣持たちは湯浅宅の数十メートル先の路上にスカイラインを駐め、Ｕターンした。

夜の住宅街は静まり返っている。人通りは絶えていた。

剣持たち二人は湯浅宅に防犯カメラが設置されてないことを目で確かめてから、布手袋を嵌めた。門扉《もんぴ》は低い。

剣持は手を伸ばし、内錠をそっと外した。無断侵入して、二人は素早く庭木の陰に走り込んだ。

剣持は息を詰め、耳をそばだてた。家屋の窓やドアは開かない。侵入したことに気づかれた様子はうかがえない。

チームは現職警官でありながら、違法行為を重ねている。後ろめたさをまったく感じないわけではなかったが、住居侵入程度ではほとんど罪の意識を感じなくなっていた。感心できることではないが、鈍感にならなければ、極秘捜査の任務はこなせない。

剣持たちコンビは姿勢を低くして、内庭を横切った。建物の横に回り込み、外壁に耳を当てる。話し声も、テレビの音声も響いてこない。足立は早くも愛人と寝室に引き籠《こも》ったのだろうか。

剣持たちは奥に進んだ。

すると、浴室の換気孔《かんきこう》から女の嬌声《きょうせい》が洩《も》れてきた。どうやら足立は、湯浅純名と浴槽の中で痴戯《ちぎ》に耽《ふけ》っているようだ。

「純名のクリトリス、こりこりになってるな」

「パパちゃんは若いな。もう勃起しちゃってる。バイアグラを服《の》んだんでしょ？」

「きょうは青い錠剤の力なんか借りてねえよ。ここんとこ忙しくて、半月ぐらい純名を抱いてなかったからな」

「わたし、二週間もほっておかれたんで……」

「浮気したんじゃねえのか？」

「ひどーい！　わたし、パパちゃんを裏切ったりしないよ」

「かわいいな、おまえは」

足立が愛人を引き寄せたのか、湯の波立つ音がした。すぐに二人が唇を吸い合う音が生々しく伝わってきた。

浴室の横に勝手口があった。剣持はピッキング道具を使って、内錠を解いた。ドアを半分ほど開け、先にキッチンに上がる。土足のままだった。

城戸も家の中に入った。二人は足音を殺しながら、各室を検《しら》べた。誰もいない。やはり、間取りは3LDKだった。

八畳の和室には、ダブルサイズの蒲団《ふとん》が敷かれていた。

枕許には、さまざまなセックスグッズが置かれている。性具だけではなく、孔雀《くじゃく》の羽、大小の筆などが用意されていた。

剣持たち二人は浴室に向かった。洗面所兼脱衣所の引き戸は半開きだった。剣持は半身を入れ、浴室を見た。

磨《す》りガラス戸の向こうに、二つの裸身が透けて見える。

純名は洗い場の腰タイルに両手を突き、白いヒップを突き出していた。総身彫りの刺青《いれずみ》を入れた足立は愛人の腰を両手で摑み、抽送を繰り返している。

「パパちゃん、もっと強く突いて！」

純名が切なげに言って、腰を大きくくねらせはじめた。

剣持はショルダーホルスターからオーストリア製のポケットピストルを引き抜き、手早くスライドを滑らせた。グロック32の弾倉には、十三発の実包《じっぽう》を詰めてあった。剣持は初弾を薬室《やくしつ》に送った。後は引き金を絞れば、銃弾が放たれる。

剣持は洗面所兼脱衣所に躍り込み、浴室のドアを押し開けた。

足立が驚きの声をあげ、振り向きかけた。剣持はグロック32の銃口を足立の後頭部に押し当てた。

「頭をミンチにされとうなかったら、騒がんことや」

「てめえ、浪友会の者《もん》だなっ」

「そうや。関東誠仁会はセコいことやるやんけ。企業舎弟《フロント》の『浪友土木』に『東都建工』が架空の工事代を五億近く振り込んだ件を強請《ゆすり》の材料《ネタ》にして、石岡総長の肝移植手術費と滞在費およそ二億円を負担させたそうやないか。おまえが脅迫したんやろ？」

「おれは知らん」

「シラを切る気なら、すぐ撃《ハジ》くで」

「やめろ！　撃たないでくれーっ。そうだよ」

「やっぱり、そやったか。関東誠仁会は浪友会《うち》の仕業《しわざ》と見せかけて、東京地検特捜部の藤巻検事を始末したんやないんかっ。どないなんや！」

「それは誤解だ。関東誠仁会《うち》は検事殺しには絡んでねえよ。藤巻がおれたちの周辺を嗅《か》ぎ回ってたんで、うぜえとは感じてたけどな」

「その言葉をすんなり信じるほど甘くないで。おまえがほんまのことを言うとるかどうか、どっちかの腕を撃ったる。至近距離やから、弾《たま》は貫通するやろ。けど、跳弾《ちょうだん》が女の体に当たるかもしれんな」

「いやーっ、撃たないで！」

純名が喚《わめ》いた。次の瞬間、足立が腹の底から唸りはじめた。純名は恐怖から膣痙攣《ちつけいれん》を起こしたらしい。

「純名、締めつけるな。痛くて抜けなくなっちまったよ」

「パパちゃんこそ、シンボルを早く小さくしてちょうだい。わたし、もう立ってられないわ」

「おれに凭れ掛かるな。うーっ、痛い。痛くて千切《ちぎ》れそうだ」

足立が愛人の腰を抱え込んだまま、洗い場に倒れた。愛人を腹に乗せる恰好だった。

二人は、まだ繋がっていた。

「締まらんな、おまえら。いや、締まり過ぎやな。だから、足立のマラが抜けんようになったわけや」

「おい、医者を呼んでくれ。頼む！　気が遠くなってきた」

「知らんわ。自分らで何とかせえ！」

剣持はポケットピストルに安全装置を掛け、ホルスターに収めた。体を反転させると、城戸がにやにや笑っていた。

コンビは勝手口から家の外に出て、家屋の前に回った。湯浅宅を出て、二人は布手袋を外す。

「膣痙攣を起こす女がいることは知ってましたけど、見たのは初めてっすよ」

「おれも同じだ。そんなことより、関東誠仁会は本部事件ではシロだな。おれは、そういう心証を得たよ。城戸はどう感じた？」

「シロだと思ったっす」

「そうか」

剣持は短く答えた。数秒後、徳丸から剣持に電話があった。

「沖総務部長を自宅から外に連れ出して、ちょいと締め上げてみたよ。『東都建工』は門脇に売春少女を世話してもらって、関東誠仁会と浪友会に銭をたかられてたが、藤巻殺しにはタッチしてねえな。検事に内偵されてたことを感じ取ってたらしいが、藤巻を罠に嵌めてもいねえようだぜ。雨宮も、そう感じ取ったみたいだよ。関東誠仁会はどうなんだい？」

「石岡総長も若頭の足立も、本部事件ではシロでしょう」

剣持は経過をかいつまんで話した。

「頭に銃口を突きつけられても空とぼけられる奴は、めったにいねえだろうよ。剣持ちゃん、足立は嘘《うそ》をついてないな」

「ええ、そう感じました」

「剣持ちゃん、明日、おれと大阪に行ってみようや。もしかしたら、浪友会が藤巻を消したのかもしれないからさ」

徳丸が提案した。

「そうしますか」

「今夜は、もう動きようがねえな」

「雨宮とアジトに戻ってください。おれたち二人も『桜田企画』に向かいますよ」

剣持はポリスモードを耳から離した。

3

列車が停止した。

新大阪駅である。定刻の午後三時だった。

剣持は下車した。徳丸と一緒だ。二十三番ホームである。『のぞみ345』がホームからゆっくりと離れていった。

剣持たちは下りのエスカレーターで、コンコースに降りた。

改札口に向かっている途中、二階堂理事官から剣持に電話がかかってきた。

「まだ新幹線の車中にいるのかな？」

「いいえ、もう新大阪に到着しました。コンコースを歩いてました」

「そう。少し前に服部管理官から報告があったんだが、関東誠仁会の石岡総長と若頭の足立が捜査本部の取り調べで恐喝の事実を認めたそうだ。『東都建工』から脅し取ったのは、二億一千万円だったらしい」

「強請の材料は、浪友会の企業舎弟に『東都建工』から工事代金の名目で五億円近い金が支払われてる件だったんですね？」

「そう。正確な額は、四億九千万円だったという話だったね」

「そうですか。恐喝の汚れ役は、足立が務めたんでしょ？」

「そうなんだ。企業恐喝屋として暗躍してる若頭が『東都建工』の弱みを嗅ぎ取り、石岡総長の肝移植手術代と滞在費を工面《くめん》したんだよ。もちろん石岡はそのことを知ってたわけだから、共犯として起訴されるだろう。しかし、肝心の検事殺しではシロだった。二人の取り調べは所轄署に引き継がれることになった」

「そうですか」

「それからね、大阪府警の協力で藤巻検事が塩沢検察事務官を伴って今年の四月に府警本部を訪ねてることが判明したんだ。検事たちは『浪友土木』の中西芳雄《なかにしよしお》社長、五十三歳に関する情報提供を求めたそうだよ」

「浪友会の企業舎弟の恐喝も、藤巻検事は告発する気だったんでしょう」

「それは間違いないね。中西は表向き七年前に浪友会を脱けたことになってるが、それはカムフラージュにちがいない。堅気になった振りをして、浪友会のためにせっせとシノギに励んでるんだろう」

「でしょうね。土木業務は一応やってるんでしょうが、主に企業の不正やスキャンダルを種《ネタ》にして……」

「大阪府警は『浪友土木』を恐喝集団と見てるそうだよ。道頓堀《どうとんぼり》にある会社には荒っぽい男たちが詰めてるんだろうから、二人とも気を緩めないでくれ」

「わかりました。城戸・雨宮班は予定通り、警務部人事一課監察が監察対象にした警察官・職員で何も処分されなかった者の身辺を調べてますね？」

剣持は確かめた。

「二人は動きはじめてるよ。なにしろ調査の対象になった者の数が多いから、まずは藤巻検事が内偵してた人間から調べてもらってるんだ」

「本庁《うち》の田宮主任監察官、警察庁《サッチョウ》の喜多川首席監察官と出身地や卒業した学校が同じ者もチェックする必要があるでしょうね。二人が悪さをしてる連中から〝お目こぼし料〟を貰ってたことが事実なら、同県人や学校の後輩たちにも甘いと思うんですよ」

「そうだね。田宮と喜多川については、服部管理官に少し調べてもらうことになった」

「ありがたいな。前任の担当管理官と違って、服部さんはキャリアでありながら、チームに協力的です。とても頼りになりますね」

「わたしも服部君のことは高く評価してるんだよ。それはそうと、充分に気をつけてな」

二階堂が電話を切った。

剣持は通話を切り上げ、理事官との遣り取りを徳丸に伝えた。

「浪友会に関わりのある奴が藤巻を罠に嵌めて撲殺したんなら、一件落着なんだが、まだわからねえよな」

「そうですね」

「剣持ちゃんは大阪には何度も来てるんだったよな？」

「十回は来てますね、仕事とプライベートを併《あわ》せれば」

「だったら、こっちの地理には明るいわけだ。レンタカーを借りようや。中西社長は車で移動してるんだろうから、そのほうがいいよ。タクシーがいつも捕まるとは限らねえからな」

「そうしましょう」

二人は歩きだした。改札を出て、近くにあるレンタカー会社の営業所に向かう。

剣持はカウンターで運転免許証を呈示し、白いカローラを借りた。助手席に徳丸を乗せ、営業所の駐車場を出る。

三年前に製造された大衆車だったが、エンジンは快調だった。新御堂筋《しんみどうすじ》を走り、新淀川《しんよどがわ》大橋を渡る。淀川の水面は鉛色に近かった。

東梅田《ひがしうめだ》を抜け、ひたすら直進する。心斎橋《しんさいばし》を越え、道なりにレンタカーを走らせた。やがて、道頓堀橋に差しかかった。大阪松竹座の手前を左折し、道頓堀に沿って進む。

『浪友土木』のオフィスは橋のそばにあった。雑居ビルの三階だった。

剣持はカローラを川辺に停めた。

「このあたりは、ミナミと呼ばれてる繁華街なんだろ？」

徳丸が問いかけてきた。

「ええ、難波《なんば》周辺はミナミと呼ばれてるんですよ。すぐそこの相合橋の向こう側は宗右衛門町《そうえもんちょう》です」

「東京で言えば、新宿って感じだな」

「ま、そうですね。JR大阪駅周辺はキタと呼ばれ、東京駅あたりと銀座の雰囲気がミックスされてます。高級クラブが連なってる北新地《きたしんち》あたりは華やかですよ」

「遊びでこっちに来たんなら、剣持ちゃんとクラブ活動に励みてえとこだがな」

「クラブで飲むのは次の機会にしましょう。中西がオフィスにいるかどうか、まずチェックしてみますよ」

剣持は懐から私物のスマートフォンを取り出し、『浪友土木』の代表番号を鳴らした。

スリーコールの途中で、通話可能状態になった。受話器を取ったのは若い男だった。

「どなたでっしゃろ？」

「東京に住んでる佐藤《さとう》という者です。中西社長に買っていただきたい情報があるんですよ」

「あんた、情報屋なんやな？」

「ええ。中西社長みたいに度胸があったら、企業恐喝でリッチな生活ができるんでしょうが、根が小心者ですんでね。情報を細々と売ってるわけです」

「うちの社長は危《ヤバ》いことなんか何もしとらんぞ。あんた、あやつけてんやなっ」

「警戒しないでください。こっちは筋者《すじもん》ではありませんけど、素っ堅気じゃないんです。大企業の不正や有名人のスキャンダルを売ってるんですから、中西社長と同類でしょ？」

「社長はまともなビジネスしかしとらんわ」

「わたし、知ってるんですよ」

「何を知っとる言うんや？」

「『浪友土木』さんは『東都建工』の弱みを押さえて、四億九千万円の架空工事代をせしめてます」

「な、なんで知ってるんや!?」

「誤解しないでくださいね。わたし、中西社長から口止め料を貰いたいと考えてるわけじゃないんですよ。何億にもなりそうなビッグ・スキャンダルの証拠を握ったんです」

「その話、ほんまなんか？」

「もちろんですよ。大企業のさまざまな不正を知ってますし、各界著名人の愛人や隠し子の情報も持ってます」

「フカシやろ？」

「はったり《ブラフ》なんかじゃありません。大物政治家、財界人の巧妙な汚職の証拠を握ってます。官僚どもの犯罪の事実も押さえてるんですよ。浪友会がバックに控えてる中西社長なら、わたしが提供する情報《ネタ》で百億、いいえ、一千億円ぐらい楽に稼げるでしょう」

剣持は自信たっぷりに言った。

「話が大きすぎて、頭がよう回らんわ」

「社長、いらっしゃるんでしょ？」

「おることはおるけど……」

「それなら、中西社長に電話を回してくれませんか」

「ええわ。少し待っとってや」

相手の声が熄《や》んだ。代わりに『エリーゼのために』の旋律が流れてきた。オルゴールの音色のようだ。

「ルアーを投げたようだな」

助手席で、徳丸がにんまりした。剣持は黙って顎を引いた。二分近く待つと、男の野太い声が流れてきた。

「わし、中西や。社員から、あんたの用件は聞いたわ。あんた、ただの情報屋やないな。何者なん？」

「しがない情報屋ですよ」

「ひょっとしたら、広島兄弟会の筋嚙《すじか》んでるのかもしれんな。昔から浪友会と広島兄弟会は反目し合ってたから、因縁つけとるんか。せやったら、上等や。『浪友土木』は『東都建工』の三次下請けで、福島の被災地の除染作業をしたねん。四億九千万は、その代金や。除染だけやのうて、ガレキの処理も請け負うたんや」

「中西さん、苦しい言い訳はしなくてもいいんですよ。電話口に出た社員の方に言いましたけど、わたしは金になる情報《ネタ》を買ってほしいだけなんです」

「ほんまにほんまやな？」

「ええ」

「そやったら、どない情報《ネタ》を持っとるんか言うてみい」

「電話では教えられません」

「なら、おれの会社に来てくれや」

「それも避けたいですね。浪友会の企業舎弟《フロント》にのこのこ出かけたら、こっちの情報《ネタ》を奪われて外に放り出されることになりそうだからな」

「金になる情報なら、五百万でも一千万円でもキャッシュで買《こ》うてやる。ほんまや、嘘やない。その情報《ネタ》で何億か稼げるもんなら、安いもんやからな」

「オフィスの外で会いましょうよ」

「用心深い男やな。どこに出向けば、ええんや？」

「すぐ出られますか？」

「あんた、近くにおるんか!?」

「ええ、まあ。心斎橋のホテル大阪はご存じですね？」

「よう知っとるわ」

「それでしたら、情報料として現金一千万円を用意して、午後五時にロビーに来てください。必ずひとりで来てくださいね」

「わかったわ。目印に何か持ったほうがええんか？」

「わたし、中西社長を遠目で見たことがあるんですよ。こちらから声をかけます」

「なら、そうしてや」

「待ち合わせの時刻に遅れることがあるかもしれないんで、一応、あなたのスマホのナンバーを教えてください」

剣持は言った。中西が短くためらってから、スマートフォンの番号を口にする。

剣持は徳丸に合図してから、ナンバーを復誦《ふくしょう》した。徳丸がナンバーを手帳に書き留めた。

「使いものにならん情報《ネタ》やったら、一円も払わんで」

「さすが関西人だな。お金にはシビアみたいですね。わざわざ東京から出向いてきたんですから、交通費ぐらい貰いたいとこですが、ケチなことは言いません。価値のない情報なら、買っていただかなくても結構です」

「当たり前のことや。関東の人間は面倒臭いことを言うねんな。本音で取引しようやないか」

「わかりました」

「ほな、五時にホテルのロビーで会おうやないか」

中西が通話を切り上げた。剣持はスマートフォンを上着の内ポケットに戻した。

徳丸が手帳のページを引き破り、剣持に差し出した。癖のある字で、中西のスマートフォンの番号がメモされている。

剣持は紙切れを受け取り、ジャケットの右ポケットに収めた。

「もっと早い時刻に『浪友土木』の社長をホテルのロビーに呼び出してもよかったんじゃねえのか」

「時間を稼ぎたかったんですよ。まさか明るい場所で、中西を痛めつけるわけにはいかないでしょ？　それに、こっそり中西をガードする連中を引き離す必要もあるんでね」

「なるほどな。中西は、まず単身で約束の場所に来ないだろう」

「ホテルに番犬どもが従《つ》いてきたら、中西に電話して別の所に移動させます。人目につかない場所に誘い込んで……」

「締め上げるわけだな？」

「そういうことです」

「剣持ちゃんは、なかなかの策士《さくし》なんだな」

「策士ほど腹は黒くないつもりですがね」

「気にすんなって。おれは誉め言葉のつもりだったんだよ。言葉の遣い方がまずかったな」

徳丸が、きまり悪そうな顔で弁解した。剣持は微苦笑するほかなかった。

雑居ビルの地下駐車場から黒塗りのレクサスが走り出てきたのは、四時半ごろだった。

剣持は運転者を見た。中西だ。

警視庁組織犯罪対策部は関東のやくざだけではなく、関西の極道の幹部たちの個人情報も摑《つか》んでいる。剣持は、服部管理官が入手してくれた中西の顔写真を見ていた。

レクサスのすぐ後ろに白いワゴン車が見える。

ワゴン車には、ひと目で極道とわかる三人の男が乗っていた。中西の手下だろう。

二台の車は道頓堀橋から御堂筋に入り、梅田方面に向かった。剣持はレンタカーで追った。

レクサスとワゴン車は五、六百メートル先にある目的のホテルの地下駐車場に潜《もぐ》った。

剣持はカローラをホテルの横の脇道に入れた。十分ほど遣り過ごしてから、剣持たちコンビは車を出た。

ホテル大阪の表玄関に回り、宿泊客のような顔をしてロビーに入る。

中西はフロントから最も遠いソファに腰かけていた。その近くには人相の悪い三人の男が飛び飛びに坐り、あたりに目を配っていた。

「やっぱり、付録が一緒だったな。おそらく番犬どもは、ポケットピストルを懐に忍ばせてやがるんだろう」

「徳丸《トク》さん、外に出ましょう」

剣持は先に表に出た。徳丸が追ってくる。

二人は車寄せの端にたたずんだ。剣持は中西のスマートフォンを鳴らした。すぐ電話は繋がった。

「中西さん、世話を焼かせないでくださいよ」

「なんのこっちゃ?」

「わたしは、社長おひとりでホテルに来てほしいと言ったはずです。なのに、三人もボディーガードを伴ってる」

「あんた、どこにおるんや!? もうロビーのどこかに来とるんやな。そうなんやろ?」

「白いワゴン車に乗ってた三人を会社に戻らせて、社長はひとりでホテルを出てください。もちろん現金《ゲンナマ》を持ってね」

「そない警戒せんでもええやろ。あんたの正体がわからんさかい、念のため、若い者《もん》たちを連れてきただけや」

「わたしは小心者なんですよ。中西社長と二人だけで取引したいんです」

「わかったわ。三人はオフィスに戻らせるわ。それで、わしはどこに行けばええねん？」

中西が不機嫌そうな声で訊いた。

「西淀川区西島《にしじま》二丁目に合同製鐵があるのをご存じでしょ？」

「淀川の河口やな」

「タクシーで、そこに向かってください。工場の裏の岸壁なら、取引しやすいでしょう」

「ほんま面倒なやっちゃな」

「気に喰わないんなら、ほかの企業恐喝屋に情報を回してもいいんですよ」

「行くわ！」

「では、合同製鐵の裏で会いましょう」

剣持は電話を切ると、徳丸と脇道に走った。レンタカーに乗り込み、急いでホテルの前まで移動させる。

待つほどもなく、中西を乗せたタクシーがホテルの車寄せから滑り出てきた。

剣持はカローラでタクシーを尾行しはじめた。ドアミラーとルームミラーを交互に覗いたが、例のワゴン車は目に留まらなかった。

タクシーは京セラドーム大阪前を抜け、新伝法《しんでんぽう》大橋を渡った。指定した場所に向かっているようだ。

「番犬どもが先回りするとも考えられるんじゃねえか。そうなったら、持ってるコルト・ディフェンダーを使うことになるな。剣持ちゃんも、イタリア製のポケットピストルをぶっ放せや」

「そうします」

剣持は、スラックスの内側に装着したインサイドホルスターにベレッタ・ジェットファイアーを収めてあった。

軽量で、口径六・三五ミリと小さい。だが、弾倉には八発が装塡《そうてん》可能だ。至近距離なら、標的を撃ち殺すこともできる。

タクシーは出来島《できじま》三丁目交差点を左折し、河口に向かった。運河の手前を左に折れると、合同製鐵の工場が並んでいた。タクシーは工場裏の岸壁で停まった。

降り立った中西は、アタッシェケースを提《さ》げていた。中身は札束だろう。剣持は岸壁の手前でレンタカーを停止させた。

タクシーが走り去るまで、コンビは車から出なかった。すぐにタクシーが遠ざかった。

中西は不安顔でたたずんでいる。剣持は目顔で年上の部下を促し、先にカローラから出た。徳丸もレンタカーを降りる。

二人の靴音で、中西が振り向いた。だが、すぐに前に向き直った。二人連れだったからだろう。

「中西さん、佐藤ですよ」

剣持は声をかけた。中西が体を反転させた。

「汚いやないか。そっちこそボディーガードと一緒やなんて」

「おれは用心棒なんかじゃねえ」

徳丸が言って、ベルトの下からアメリカ製の自動拳銃を引き抜いた。

「それは真正拳銃《マブチャカ》なんやろ？　こ、これはなんの真似や！」

「おれは情報屋なんかじゃない。あんたに確かめたいことがあって、人のいない場所に誘《おび》き出したんだよ」

「なんやて⁉　なめよって！」

中西が剣持を睨《ね》めつけた。徳丸がコルト・ディフェンダーのスライドを引いた。

「護身拳銃か、デリンジャーを持ってそうだな」

「わしは丸腰や。拳銃《チャカ》なんて持ち歩いてないわい、ふだんはな」

「腹這いになって、両手を頭の上で組め！　おれはあまり気が長くないんで、言われた通りにしたほうがいいぜ」

「自分ら、何者なんや？　大阪の極道をなめたら、後悔することになるで！」

「そっちこそ、おれたちを甘く見るなっ」

剣持はインサイドホルスターからベレッタ・ジェットファイアーを引き抜き、すぐに威嚇射撃した。

ポケットピストルの銃声は小さかった。製鉄工場までは響かなかっただろう。

「なんちゅうことをするんや！」

中西は怒気を露《あらわ》にしたが、足許にアタッシェケースを置いた。そして腹這いになって、頭の上で両手を重ねた。

剣持は中西の横に片膝をつき、ポケットピストルの銃口を相手のこめかみに突きつけた。

「おれの質問に素直に答えないと、きょうがあんたの命日になるぞ」

「な、何が知りたいんや？」

「あんたは『東都建工』の企業不正や役員たちのスキャンダルを恐喝材料にして、四億九千万円の架空工事代をせしめたなっ」

「そんなことしとらんわ」

「死ぬ覚悟ができたようだな」

「そうやない。撃たんといてや。頼むさかい、わしを殺さんといてえな。あんたの言うた通りや」

「その恐喝《カツアゲ》の件を東京地検特捜部の藤巻検事に知られたんで、最初は罠を仕掛けたんじゃないのか？」

「罠やて!? なんのことや！」

「六月十六日の夜、藤巻修平は少女買春の疑いで渋谷署に連行された。しかし、懲戒免職にはならなかった。それだから、浪友会は藤巻検事の口を永久に塞《ふさ》ぐことにしたんじゃないのかっ」

「浪友会《うち》は、東京地検の検事は殺《や》ってへんよ。『東都建工』が被害事実を認めることはないと思うとったから、その検事が『浪友土木』のことを嗅ぎ回ってても、わしが検挙《アゲ》られる心配はないと考えとったんや。そやから、絶対に東京地検の検事を始末してへんて。ほんまや。あっ、ううーっ」

中西が奇声を発し、目を閉じた。恐怖のあまり、尿失禁してしまったようだ。スラックスに染《し》みが拡《ひろ》がり、湯気が立ち昇りはじめた。

「関西の極道はたいしたことねえな」

「東京に戻りましょう」

剣持は立ち上がって、イタリア製の小型拳銃をインサイドホルスターに仕舞《しま》った。

4

翌日の正午過ぎである。

チームの四人は、『桜田企画』のソファに腰かけていた。剣持は、城戸と梨乃に大阪での経過を話し終えたばかりだった。

「関東誠仁会と浪友会は本部事件に絡んでなかったんすね」

城戸が剣持を見ながら、落胆したような声で言った。

「それから、『東都建工』もシロだろう。城戸と雨宮は、きのう人事一課監察に調査された警察官と職員たちのことを調べてくれたんだな?」

「そうっす。暴力団に手入れの情報を流した疑いのある奴、押収品の麻薬をくすねた野郎、それから被疑者の妻をホテルに連れ込んだ疑いを持たれた男の周辺の人間に聞き込みを重ねたんすよ。それぞれ処分の対象になりそうなんすけど、ほぼ全員がお咎《とが》めなしでした。そいつらは本庁《うち》の田宮主任監察官と警察庁の喜多川首席監察官に〝お目こぼし料〟を払って、無罪放免になったと考えてもいいと思います」

「田宮と喜多川は贅沢《ぜいたく》してたのか？」

「高い服を着たり、高級クラブに出入りしてる様子はなかったすね」

「二人ともか？」

「そうっす。けど、田宮と喜多川は数十銘柄の株を買って、さらに身内名義で競売物件を買い漁《あさ》ってるんですよ。その不動産を転売して利鞘《りざや》を得てるようだな」

「競売物件は二人が直《じか》に落札してるわけじゃないんだろ？　いまは誰でもインターネットで競売物件の入札ができるようになったが、田宮や喜多川が本人の名を出すのは都合が悪いだろうから」

「競売物件を手に入れてるのは、経済やくざの印東公明《いんとうきみあき》でした。四十六歳です。印東は物件を堅気が落札すると、威《おど》しをかけて辞退させてるようです。それで、自分が落札してるんですよ。裁判所の職員を抱き込んで落札者の個人情報を聞き出して、キャンセルさせてるんでしょう」

梨乃が城戸より先に口を開いた。

「印東は、手に入れた競売物件を数カ月後に田宮と喜多川の身内に転売してるんだな？」

「ええ、そうです。落札価格に十パーセント上乗せして、田宮と喜多川の親族に都内の中古マンションや戸建て住宅を譲渡してるんですよ」

「それらの物件は、その後、転売されてるんだろ？」

「そうなんです」

「田宮と喜多川は名義を貸してくれた身内に幾らか謝礼を払って、売却益を得てるのか」

「ええ。もちろん、登記費用や税金分は二人が負担してね。田宮と喜多川は悪徳警官を根絶やしにすることは不可能だと職務に限界を感じてたんじゃないのかしら？　腐ったリンゴはいっこうに減ってませんからね」

「毎年二百三十人ほどの警察官と職員が何十年にもわたって懲戒処分になってきた。それでも八年あまり前から処分者数は連続減少してる。といっても、いまも年に三、四十人の懲戒免職者がいるね。金を貰って悪徳警官たちの犯罪に目をつぶるなんて堕落も堕落だよ」

「主任のおっしゃる通りですね」

「そうした堕落を招いたのは、身内を庇う体質が警察社会にあるからだろうな。監察官たちは不正を働いてる警察官や職員をマークするときも、決して捜査とか内偵という言い方はしない」

「ええ、調査という言い方をしますよね。怪しい者を犯罪者扱いしたくないという身びいき意識があるんだろうな。監察は警察の中の警察と呼ばれてるけど、正しくチェックが行われてきたんじゃないと思います」

「昔っから、警察は身内に甘いからな。だから、なあなあになっちゃう。監察官と監察対象者が癒着する土壌はあったわけだが、田宮と喜多川は上役だ。ひどい話じゃないか」

「ええ、そうですね」

「経済やくざの印東公明は、どっちと繋がってたんだ? 田宮のほうなのか、喜多川のほうだったのか」

剣持は城戸に訊《たず》ねた。

「田宮のほうっす。田宮と印東は同じ徳島の出身なんですよ。県人会の集まりで、五、六年前に知り合ったみたいっすね」

「そうか」

「城戸さん、大事なことを報告しないと……」

「おっ、そうだな。雨宮、サンキュー！」

城戸が梨乃に礼を言い、剣持に顔を向けてきた。

「主任、印東公明と門脇博之には接点があったんすよ。二人は九年前、府中刑務所で同じ雑居房に入ってたんす。印東は脅迫罪、門脇は売春防止法違反で服役してたんすよ。門脇はその前に同じ罪名で二度も書類送検されてたんで、刑務所に入れられたわけっす」

「経済やくざと『ヴィーナス・クラブ』の経営者が結びついてたんなら、藤巻を罠に嵌めたのは門脇と印東だったのかもしれねえぞ」

沈黙を守っていた徳丸が、剣持を顧《かえり》みた。

「考えられなくはないですね」

「剣持ちゃん、検事を金属バットで殺害したのは印東なんじゃねえの？」

「経済やくざは、常に損得を考えてるでしょ？」

「ま、そうだろうな。てめえで人殺しをやるわけねえか」

「と思いますよ」

「実行犯は、印東の知り合いの前科者なんじゃないか。藤巻を始末してくれって頼んだのは、言うまでもなく田宮か喜多川だ」

「その疑いはゼロじゃありませんね」

「田宮や喜多川をどんなに揺さぶっても、犯行は認めそうもない。剣持ちゃん、四人で印東に迫ってみようや」

「印東の家《ヤサ》はどこにあるんだ？」

剣持は梨乃に問いかけた。

「自宅兼事務所は、港区の南青山《みなみあおやま》四丁目にあります。青山霊園の向かいにある『南青山アーバンビュー』の八〇一号室です」

「雨宮はおれと組む」

「はい」

「城戸は徳丸《トク》さんとコンビになってくれ。いいな？」

「了解っす。全員、武装したほうがいいんじゃないっすか？」

城戸が言った。

剣持はうなずき、ソファから腰を浮かせた。銃器保管室に歩み寄り、ロッカーの扉を開ける。

三人の部下たちが集まってきた。徳丸、城戸、梨乃の順にホルスターや拳銃を選ぶ。

それぞれがマガジンに実包を詰め、ロッカーから離れた。

剣持はオーストリア製のシュタイアーS40を手に取った。グロック32よりも少し軽い。プラスチックグリップのコンパクトなピストルだ。

マガジンに八発装塡し、初弾を薬室に送り込む。空いたスペースに実包を加えてフル装弾数を九発にしてから、ショルダーホルスターに収めた。

「自分らはスカイラインを使うっすね」

城戸が剣持に告げ、徳丸と出入口に向かった。

剣持は戸締まりをして、梨乃とアジトを出た。すでに徳丸・城戸班は、地下駐車場に下ったようだ。エレベーターホールにはいなかった。

剣持は梨乃と一緒にエレベーターに乗り込んだ。地下駐車場に降りると、徳丸たち二人はスカイラインの中にいた。

梨乃がパーリーグレイのプリウスに駆け寄り、運転席に坐った。剣持は助手席に乗り込んだ。城戸が短くホーンを鳴らし、スカイラインを走らせはじめた。梨乃が車を発進させ、スカイラインを追う。
十七、八分で、『南青山アーバンビュー』に着いた。十六階建ての高層マンションで、外壁はオフホワイトだった。

スカイラインは、マンションの地下駐車場近くの路肩に寄せられた。その四十メートルほど後方に梨乃が車を停めた。

「印東は自宅にいるかな」

「わたし、八〇一号室のインターフォンを鳴らしてみます。何かのセールスを装ってね」

「いや、その必要はない。徳丸《トク》さんが車を出て、『南青山アーバンビュー』のアプローチに向かったよ」

剣持は部下の美人刑事を押し止《とど》めた。

「そうみたいですね。印東、きのうは一度、車で食料の買い出しに出かけたきりだったな。車はイタリア車の黒いマセラティでした」

「そうか。門脇の告別式に列席するのは、まずいと判断したんだろうか」

「そうなのかしら？　印東は、事故死した門脇のことは昔の刑務所仲間と思ってただけなんだと思います。別に友情めいたもので繋がってたんじゃなくて、お互いに利用し合ってただけなんじゃないですかね。そんな気がします。印東は、なんか薄情そうな感じなんですよ」

「その程度のつき合いだったのかもしれないな。経済やくざは、金にしか興味がないんだろうから。印東は独り暮らしなのか？」

「そうなんだと思います。一緒に暮らしてる女性がいたら、食料の買い出しは自分でやらないでしょ？」

「そうだろうな。しかし、まだ四十代の半ばなんだから、つき合ってる女性はいるだろう」

「多分、そうでしょうね」

会話が途切れた。そのとき、徳丸が高層マンションの敷地から出てきた。スカイラインの助手席に乗り込む。

剣持は、徳丸のポリスモードを鳴らした。ツーコールで、通話可能状態になった。

「徳《トク》丸さん、印東は部屋にいました？」

「いたよ。外車のディーラーの人間に化けたんだが、素っ気《そけ》ない対応ぶりだったな。銭になりそうな話にしか関心がねえんだろう」

「そうなのかもしれません」

「剣持ちゃん、チームの誰かが田宮の代理人になりすまして印東を青山霊園に呼び出そうや。相手は堅気《ネス》じゃねえんだから、銃身を口の中に突っ込んでビビらせたって問題ないだろ？　そうすりゃ、経済やくざは口を割ると思うぜ」

「印東は、そんなやわじゃないでしょ？　もっと強《したた》かだと思いますよ」

「そうかな。印東が人事一課監察の田宮とどっかで接触するのを待つべきかね？」

「それを確認しなかったら、まず印東は観念しないでしょう」

「だろうな」

「雨宮から聞いたんですが、印東は黒いマセラティに乗ってるらしいんですよ。車で外出したら、リレー尾行しましょう」

「わかった。それじゃ、じっくり張り込んでみようや」

徳丸が通話を切り上げた。剣持は捜査対象者が自宅にいることを梨乃に教え、ポリスモードを懐に戻した。

「印東が夕方になっても外出しなかったら、どちらかの班が田宮か喜多川に張りついたほうがいいんではありませんか。二人とも正攻法では絶対に悪事を認めたりしないでしょうが、どこか人目のつかない場所で接触するかもしれません。二人の密談を録音できれば、その音声を切札にできるんじゃないかしら？」

「どっちも悪賢そうだから、そんなふうにはボロは出さないと思うよ」

「そうですかね」

「印東が外出しないようだったら、監察対象者になった悪徳警官の誰かを痛めつけてみの引《トリガー》き金を眉間《みけん》に押しつけて、銃口を化けてな。民間の強請屋か何かに化けてな。もちろん、遊びを一杯に絞り込めば、恐怖はマックスに達するだろう」

「そうすれば、田宮と喜多川の二人に〝お目こぼし料〟を渡したことを認めるかな」

「認めるだろう。しかし、それは禁じ手だから、最後の手段にしないとな。おれたちは多少の反則技は黙認されてるが、銃器で威《おど》して自白させても自慢にはならないからね。ハードな違法捜査は極力、避けるべきだろう」

「ええ、そうですね」

梨乃が同調した。剣持は昨夕、大阪で中西芳雄を拳銃で威嚇したことを部下には話せなかった。

張り込んで二時間が経過しても、なんの動きもなかった。

検察事務官の塩沢一輝が剣持に電話をかけてきたのは、午後四時過ぎだった。

「その後、個人的な捜査は進んでます？」

「残念ながら、捜査はいっこうに進んでません。捜査権がないんで、情報が集まらないんですよ」

「そうでしょうね。大崎署に置かれた捜査本部もまだ容疑者を絞り込めてないんでしょ？」

「ええ、多分ね」

「藤巻検事の奥さんの辛《つら》い気持ちを察して、磯村部長が警視総監に電話で発破をかけてやると言ったんですが、二人の副部長に制止されたんですよ。警察は全力投球してるはずだからと言って……」

「被害者に関わりの深い方たちがもどかしく感じるのは理解できますよ。しかし、いましばらく待ってください。わたし個人は力及ばなくても、捜査本部の面々が必ず加害者を突きとめてくれるはずです」

「あなたをせっつく気はなかったんですが、できるだけ早く藤巻検事を成仏させてやりたくて、つい失礼な電話をしてしまいました。剣持さん、気分を害されたでしょうね？」

「いいえ、そんなことはありません。周りの人たちに慕われてた故人を羨《うらや》ましく思っただけですよ。わたしなりに頑張ってみます」

剣持は通話を切り上げた。

「発信者は被害者とコンビを組んでた検察事務官だったみたいですね？」

梨乃が問いかけてきた。剣持は通話内容をかいつまんで部下に話した。

「藤巻検事は本当に好漢だったんでしょうね」

梨乃がしみじみと言って、口を結んだ。

それから十五分ほど経《た》ったころ、今度は二階堂理事官から剣持に電話がかかってきた。

「ついさっき服部管理官から報告があったんだが、捜査本部に一本の密告電話がかかってきたらしいんだ」

「密告の内容は？」

「七月五日の午後九時過ぎに事件現場付近で、前科のある男を目撃したという匿名の密告だったそうだ。その男は印東公明、四十六歳だという話だったね」

「二階堂さん、自分ら四人はいま印東の自宅マンションを張り込み中なんですよ」

剣持は経緯を話した。

「門脇と印東が府中刑務所で一緒だったんなら、二人が共謀して藤巻に罠を仕掛けた疑いが出てきたね。しかし、被害者は職を失うことにはならなかった。それで、印東が金属バットで特捜部検事を殺害したのかもしれないよ」

「そうなんでしょうかね」

「被害者《マルガイ》は、門脇や印東とは面識もなかったんだろう。印東は田宮に頼まれて、藤巻検事を殺《や》ったんだろうね。喜多川首席監察官がそのことを知らないってことはないだろう」

理事官が言った。

「二階堂さん、密告電話の主は男だったんですか？」

「ボイス・チェンジャーを使ってたんで、性別ははっきりしないそうだ。しかし、多分、男だったんだろう。声紋鑑定で、じきに性別は明らかになるはずだ。発信場所は台東区内の公衆電話だったそうだよ」

「そうですか。で、捜査本部は印東に任意同行《ニンドウ》を求めるんですかね」

「そうするようだが、印東は同行を拒むだろう。三係か六係の捜査員たちが印東の自宅マンションに向かうだろうから、二班ともいったん『南青山アーバンビュー』から少し離れたほうがいいね」

「そうします」

剣持は通話を終わらせた。

第四章　読めない筋

1

見通しは悪くない。

少し首を突き出せば、『南青山アーバンビュー』の前の通りがよく見える。午後六時を過ぎていた。残照は弱々しい。

剣持は、青山霊園を貫く車道の物陰に立っていた。かたわらに、徳丸がたたずんでいる。

印東の自宅マンションの斜め前には、黒いクラウンが停車中だ。

覆面パトカーだった。車内には、捜査本部に詰めている本庁殺人犯捜査第六係の刑事たちが乗り込んでいた。二人だ。

クラウンが『南青山アーバンビュー』に横づけされたのは、およそ四十分前だった。

二人の刑事は車を降りると、印東の自宅マンションの玄関口に向かった。しかし、十分も経《た》たないうちに引き返してきた。印東に任意同行を拒まれたにちがいない。

「六係の二人は朝まで張り込んで、印東を心理的に追い込む気なんじゃねえのか」

徳丸が小声で言った。

「プレッシャーをかければ、印東は任意同行に応じる気になるんじゃないかって考えてるんでしょうね」

「そうなんだろうよ」

「経済やくざは、そんなタマじゃないでしょ？　とことん同行を拒むと思います。法的には強制できないわけですから、印東は絶対に応じませんよ」

「かもしれねえな。六係の二人は張り込んで、印東の動きを探る気なのか」

「そうなんでしょうが、簡単には印東、尻尾《しっぽ》を見せないはずです」

「だろうな。なら、そのうちクラウンは消えそうだな」

「ええ、多分ね」

剣持は口を結んだ。十数秒後、二階堂理事官から電話があった。

「六係の捜査員たちが印東に任意同行を求めに行ったそうだが、捜査車輛は目認できたかな？」

「黒のクラウンが張り込み中です。印東に任意同行を拒まれたようですね」

「そうなんだろう。やりにくくなったな、きみらは」

「いまに覆面《メン》パトは張り込みを切り上げるでしょう。こっちは、そう見てるんですよ」

「そうなるといいね。犯歴のある印東は張り込まれてることを察して、外出は控えるだろうからな」

「ええ、そうでしょう」

「そうそう、密告電話の件なんだが、声紋鑑定で発信者は四、五十代の男だと推定された。関西弁ではないんだが、西日本育ちのイントネーションがあったというんだよ。密告電話の主は、中国地方か山陰地方の出身者なのかもしれないぞ。剣持君、誰か思い当たる人物は？」

「いません」

「そう。印東に何か恨みを持つ人間が虚偽情報《ガセネタ》を警察に寄せただけなんだろうか。それとも、経済やくざは検事殺しの実行犯なのかな？」

「理事官、事件当夜の印東のアリバイはどうなんです？」

剣持は訊いた。

「任意同行を求めに行った捜査員たちに、印東は『七月五日の午後七時以降は、ずっと自宅にいたよ』と答えたらしいんだ。しかし、それが事実だという裏付《ウラ》けは取れなかったようだよ」

「アリバイが完璧ではないという理由だけでは、印東を疑えないでしょ？」

「そうなんだが、遺留足跡のサイズが同じなんだ。服部管理官が服役時に印東が受けた身体測定のデータを取り寄せてくれたんだが、二十六センチと合致したんだよ」

「成人男子の靴のサイズは二十五、六センチが最も多いそうです。ですんで、たまたまサイズが一致したとも考えられますよ」

「ああ、そうだね。アリバイが不確かで足のサイズが同じというだけで、印東を疑うのはよくないな」

「元受刑者の印東は殺人が割に合わないことをよく知ってるはずです。よっぽどのことがなければ、人は殺《あや》めないでしょう」

「そう思うんだが、印東は本庁《うち》の田宮主任監察官と同県人で親交がある。田宮は警察庁の喜多川首席監察官とつるんでるようだから、それこそ鬼に金棒と思うんじゃないだろうか」

「その二人のために手を汚した場合、凶行そのものを揉み消してくれるにちがいないと印東が考えるのではないか。理事官は、そうおっしゃりたいんですね？」

「印東は、そう考えたんじゃないだろうか。喜多川首席監察官はキャリアだから、警察の上層部とも結びついてる」

「そうですが、殺人を犯した奴を庇《かば》い通すことは無理でしょ？」

「そうだろうか」

「理事官、捜査本部は田宮と喜多川は藤巻殺しには関わってないと判断してからは、二人をまったく洗い直してないんでしょ？」

「服部管理官が田宮たち二人を洗い直すべきだと指示はしたんだが、積極的には動いてないようだな」

「上層部から圧力《アツ》がかかったんでしょうか」

「そういうことはなかったと思うよ。しかし、大崎署の署長と本庁《うち》の三係係長、六係係長が及び腰になったのかもしれないね。田宮と喜多川の二人が監察対象者から〝お目こぼし料〟を貰ってたという確証は得られなかったわけだから、洗い直しに積極的になれなかったんじゃないのかな」

二階堂が言った。

「しかし、田宮と喜多川の二人は身内名義で印東公明に競売物件を買い集めさせて、後に転売で稼いでる疑いがあるわけですよね。公務員が多額の不動産購入資金を調達することは不可能でしょう。田宮たちが不正な方法で元手を捻出したのではないかと怪しむはずですよ」

「もちろん、捜査本部はその点で二人を怪しんだにちがいない。しかし、〝お目こぼし料〟を得てるという確かな証拠は摑めなかったんで、洗い直しには力が入らなかったんだろう。ただ、藤巻検事は田宮と喜多川の犯罪の証拠を握ってたと思われるね」

「そういえば、大崎署は初動の段階で東京地検特捜部に被害者が告発する気でいた三つの事案に関する証拠の開示を求めたんでしょ？」

「もちろんだよ。特捜部の磯村部長は警察に全面的に協力すると約束してくれたらしいんだが、数日後に意外な回答があったというんだよ」

「意外な回答ですか？」

　剣持は訊き返した。

「そう。塩沢検察事務官が大崎署を訪れ、藤巻検事が自分で保管してた三つの事案の証拠品がロッカーから消えてたと告げたそうなんだ」

「証拠品は、官舎に持ち帰ってはいけない規則になっています。被害者は意図的に証拠品の保管場所を変えたんでしょう。たとえば、特捜部のロッカーから検事調べ室に移したとかね」

「なぜ、わざわざ保管場所を変えたんだろうか。同僚検事に手柄を横奪《よこど》りされたくなかったんだろうか。いや、そうじゃないだろうね。そんなことをしたら、すぐにバレてしまうからな」

「ええ。おそらく三つの事案に関わってる人間が検察庁合同庁舎で働いてる者を抱き込んで、自分に不利になる証拠品を盗み出してもらったんでしょう」

「そうなのかな」

「特定の立件材料を盗み出されたら、依頼人をすぐに突きとめられることになります。それだから、ほかの二つの事案に関する証拠も持ち去らせたんでしょうね」

「ああ、そうなんだろう。藤巻検事に告発されることを恐れた犯罪者が東京地検特捜部の検事か検察事務官を買収して、協力させたんだな」

「理事官、そうとは限りませんよ。合同庁舎には、東京区検、東京地検、東京高検、最高検が同居してます。利用フロアはおのおの別々ですが、セクションの違う者が他の部署に行くこともあるでしょう」

「それはあるだろうね。だが、東京地検特捜部や検事調べ室にはやたら出入りできないにちがいない。九段の分室も同じだろう」

「ええ、そうでしょうね。ですが、それらしい口実で入室することは可能です。たとえば、関係書類を藤巻検事に届けにきたと偽れば……」

「出入りはできるかもしれないな。となると、証拠品を無断で持ち出したのは特捜部の検事か検察事務官とは限らないか」

「ええ、そうですね」

「剣持君、藤巻検事に何か考えることがあって、自分で三つの事案に関する証拠の類を職場から持ち出し、官舎か実家に保管する気になったとは考えられないだろうか」

二階堂が言った。

「考えられなくはないですよね、そういうことも。被害者が故意に職場から黙って証拠品を持ち出したんなら、東京地検特捜部に法務省高官から圧力《アツ》がかかってたんでしょう」

「法務省の有力者が告発を見合わせろと圧力をかけてきそうな事案となると、田宮主任監察官と喜多川直道首席監察官の犯罪だろうな」

「ええ。藤巻修平に法務省の高官から田宮たちの事案をつつくなという圧力《アツ》がかかったんだろうか」

剣持は自問した。

「そうなのかもしれないね。警察庁の偉いさんが身内の悪事を暴かれたくなくて、直《じか》に東京地検特捜部に圧力をかけたんでは露骨すぎる。そこで、法務省高官経由で藤巻検事にプレッシャーを与えてもらった。剣持君、きっとそうにちがいないよ」

「それだから、やむなく藤巻修平はあえて規則を破って証拠品を職場から持ち出して立件材料の保全を図った。そうなのかもしれませんね」

「剣持君、藤巻真澄さんにそれとなく探りを入れてみてくれないか」

「わかりました」

「それから六係の二人が張り込みを解除しても、きみらは印東をマークしつづけてほしいんだ。大変だろうが、よろしく頼むよ」

二階堂理事官の声が熄《や》んだ。

剣持はポリスモードを懐に戻し、徳丸に通話内容を伝えた。

「三つの事案の証拠品がなくなってたのか」

「徳丸《トク》さんはどう思います？」

「そっちの筋読みは間違ってないんじゃねえか。法務省の偉いさんから二人の監察官の不正には目をつぶってやれって示唆があったんで、藤巻修平は証拠品を職場に置きっ放しにしておいたら、まずいと思ったんだろうな。で、立件材料をどこかに移したんだろう」

「官舎には持ち帰ってないと思うんですよ。実家、知人宅、親類宅あたりに証拠品は預けてあるんじゃないのかな」

「そうなのかもしれねえぞ。未亡人にそれとなく訊いてみるんだね。六係のクラウンはまだ粘るみてえだから、おれは車の中に戻ってるよ」

徳丸が言って、スカイラインに向かって歩きだした。

剣持は私物のスマートフォンを使って、藤巻真澄に電話をかけた。コール音が五、六度鳴ってから、真澄が電話口に出た。

「剣持です」

「先日はありがとうございました。犯人がわかったのでしょうか？」

「いいえ、まだ加害者を割り出せないんですよ。言い訳じみてしまいますが、捜査畑から離れてしまったので、調べがなかなか進まないんです。頑張ってはいるんですがね」

「早合点してしまって、ごめんなさい。剣持さんはご厚意で個人的に夫の事件を調べてくださってるのに、先走ったことを言って失礼しました。身勝手ですよね」

「別に気にしてませんよ。あなたに訊きたいことがあって、電話させてもらったんです」

「なんでしょう?」

「ご主人は官舎に捜査資料を持ち帰りませんでしたか」

「捜査資料といいますと?」

「いま、説明します」

剣持はそう前置きして、三つの事案の証拠品について触れた。

「夫が自宅に仕事関係の物品を持ち帰ったことはないと思います。でも、わたしには内緒で証拠品を持ち帰ってたのかもしれません。後で、藤巻が使っていた書斎をくまなく検《しら》べてみます」

「お願いします。ご自宅に捜査資料がないとしたら、ご主人の実家か友人宅に預けたとも考えられるんですよ」

「夫の鎌倉の実家に電話をして、義母《はは》に訊いてみます。それから、生前、藤巻と親交のあった友人や知人にも問い合わせてみましょう」

「まだ納骨前なのに、煩《わずら》わしい思いをさせて済みません。本来なら、こっちが動かなきゃいけないいんですがね。ルーティンワークもありますので……」

「わたしにできることがありましたら、遠慮なく申しつけてください。ぼんやりと遺骨の前に坐りつづけてるだけでは、他人《ひと》に甘えすぎですものね。剣持さん、何か手伝わせてください」

「差し当たっては、お願いしたことだけをやっていただければ……」

「それは、すぐにやります。後で、剣持さんに連絡させてもらいます。話を戻しますけど、法務省の高官が東京地検特捜部に圧力をかけることはあるのでしょうか？」

真澄が問いかけてきた。

「ないとは言えないでしょうね。地検の特捜部は日本最強の捜査機関ですが、法務大臣は検事総長を指揮できる立場にあります。法務省の高官の意向も、地検は無視できないでしょう」

「夫は圧力に屈したら、検察官失格と考えたのでしょうか。そして、告発する気でいた三つの事案の証拠を職場から無断で持ち出したのかしら？」

「多分、そうなんでしょう」

「民主国家なのに、法務省高官が東京地検特捜部の告発を妨害したとしたら、世も末ですね。日本は法治国家なのに、そんなアンフェアなことが行われるのですから」

「いつの世も、権力を握った連中は横暴なものです。しかし、ご主人は圧力に負けずに検事としての正義を貫こうとされたようです。尊敬に値《あたい》します」

「夫が硬骨漢だったことは妻として誇らしく感じていましたが、命を奪われるまで正義に殉じても報われはしませんでしょ？　藤巻はプライドを棄《す》ててでも、自分の命を守るべきでした。彼には妻もいたし、親兄弟もいたんです」

「奥さんの言い分はごもっともですが、ご主人は安っぽいヒロイズムに酔ってたわけではないでしょう。命懸けで、悪質な犯罪を暴こうとしたにちがいありません。その姿勢は、漢《おとこ》として立派ですよ。並の男にはできないことですからね。結果的に遺族の方たちを悲しませることになりましたが、藤巻検事の生き方は称讃に値します。ご主人が告発するつもりだった三つの事案を闇に葬らせてはいけないと思います」

「ええ、それはね」

「自分が藤巻さんの無念な気持ちを晴らしてやります。頼んだ件、よろしく！」

剣持は電話を切った。スマートフォンを上着のポケットに戻したとき、梨乃が歩み寄ってきた。

「プライベートの電話をされてたようですけど、何か困ったことでも起きたんですか？　そうなら、わたしたち三人で印東公明の動きを探ります。主任は張り込みから外れてもいいんですよ」

「そうじゃないんだ。藤巻検事の奥さんに頼みごとをしたんだよ」

剣持は詳しいことを話した。

「被害者は三つの事案の立件材料を職場に置いとくと、勝手に処分されるかもしれないという危惧《きぐ》を覚えたんでしょうね。それで、こっそり証拠品を持ち出したんだと思います」

「そうじゃなかったら、検察庁内部の者が後ろ暗いことをやってる犯罪者に抱き込まれて、ロッカーから立件材料を盗み出したんだろう」

「主任、ほかにも考えられますよ。法務省高官の圧力があったとすれば、藤巻検事の同僚たちの誰かが……」

「ああ、それも考えられるな」

「被害者の書斎に問題の証拠品が隠されてることを祈りたいわ。そうなら、藤巻検事に罠を仕掛けて、殺害した犯人は割り出しやすくなりますので」

「そうだな」

「主任、交代しましょうよ。今度はわたしが六係の二人の動きを探りますんで、車の中でひと休みしてください」

梨乃が言った。

「おれは雨宮よりも十歳年上だが、まだ年寄りじゃない」

「わたし、そんなつもりで言ったんじゃありません」

「ああ、わかってる。雨宮こそ体を休めろよ、運転で疲れてるんだから」

「主任……」

「早く車に戻れ」

剣持は部下を追いやって、身を乗り出した。

クラウンが走りだす気配はうかがえなかった。大気は、まだ熱を帯びたままだった。

2

スマートフォンが振動した。

剣持は上着の内ポケットを探った。

午後八時過ぎだ。剣持は同じ場所で覆面パトカーのクラウンに目を注いでいた。六係の刑事たちの張り込みは続行中だった。

剣持は懐からスマートフォンを取り出した。発信者は藤巻真澄だった。

「ご主人は、立件材料を自分の書斎に保管してました？」

剣持は早口で訊いた。

「いいえ、どこにも証拠品はありませんでした。部屋の中をくまなく検《しら》べてみたんですけどね」

「鎌倉のご実家には？」

「義母《はは》に電話をしてみたのですが、何も預かったものはないということでした。義母に念のために夫が使っていた部屋の中を見てもらったんですが、やはり……」

「そうですか。藤巻さんの友人や知り合いの方にも問い合わせていただけました？」

「はい。ですけど、どなたも藤巻から何も預かっていませんでした」

「忙しい思いをさせてしまいました。どうか勘弁してください」

「いいえ、お気になさらないで。夫はわたしに内緒でマンション型のトランクルームを借りて、証拠品をそこに入れてたんでしょうか」

「証拠品と言っても、写真や録音音声のメモリーなんでしょう。そういった小さな物を保管する目的で、トランクルームを契約したとは考えにくいですね」

「夫とコンビを組んでいた検察事務官の塩沢さんなら、何かご存じかもしれません。彼に訊いてみましょうか？」

「塩沢さんのことは、よく知っているんですか？」

「夫が彼、いえ、塩沢さんをよく官舎に連れてきたんですよ。月に二、三回は三人で夕食を一緒に摂《と》っていました」

「それじゃ、塩沢さんはあなたとも親しくされてたんですね」

「年齢が近いので、共通の話題があったんですよ。それに塩沢さんにはくだけた面があって、話題も多かったんです。ユーモアセンスもあって、よく笑わせられましたね。仕事一本槍《いっぽんやり》だった藤巻と違って、彼は、塩沢さんは話し上手なんです。夫と塩沢さんは性格が違っていましたが、犯罪を憎んでる点では同じでした。塩沢さんは、本当に夫によく仕えてくれていたようです」

「そうだったんでしょうね。塩沢さんには一度会ってるんですが、三つの事案の立件材料については質問しなかったんですよ。当然、特捜部が厳重に保管してると思ってましたんでね」

「検察庁は普通の行政機関とは違って、検事ひとりひとりが独立した官庁みたいなものらしいんですよ。たとえば、被疑者を起訴するかどうかは担当検事の判断で決まるんですって。一応、上司の決裁を受けているようですが、それは形式的なものらしいんです」

「そうみたいですね。しかし、特捜部の事案は国家を揺るがすような大型汚職などが多いわけですから、証拠品の保全には努めてるでしょう。もしかしたら、ご主人はコンビを組んでた塩沢事務官に証拠品の管理を任せてたのかもしれないな」

「それはないと思います」

　真澄が言下《げんか》に否定した。

「そう断言できる根拠があるんですね」

「はい。夫は塩沢さんにアシストされていましたが、肝心要《かんじんかなめ》のことは自分で担《にな》わなければ、気が済まないタイプだったんです。ですので、塩沢さんに証拠品の保管を任せるなんてことはないと思います」

「なるほど」

「一応、塩沢さんにその件について確認してみますけどね」

「ご主人が三つの事案の立件材料を職場以外のどこかに隠してたと仮定した場合、上司や同僚検察官はそのことに気づかないでしょうね。検事は一国一城の主《あるじ》みたいに各自が職務をこなしてるわけですから」

「ええ、そうだと思います」

「ただ、塩沢さんは藤巻検事と常に一緒だったんだろうから……」

「二人はコンビを組んでいたんですから、行動を共にすることが多かったんでしょう。でも、四六時中くっついてたわけではないはずです。夫は塩沢さんと離れたとき、証拠品を職場の見つかりにくい場所に隠したんではないのかしら？　法務省の高官から圧力がかかってたとしたら、自分のブースに立件材料をいつまでも置いておけませんよね」

「ええ、検察庁で働いてる職員の誰かに証拠品を持ち去られる恐れがありますから」

「藤巻は東京地検が使っている四階か五階のトイレの貯水タンクの中に防水ポウチに収めた証拠品を隠したのかもしれません。九段の分室に隠したとも考えられますよね。わたし、塩沢さんに電話して、明日、トイレの貯水タンクの中をすべて覗いてみるよう頼んでみます」

「貯水タンクのほかに、どこか隠し場所があるだろうか。書棚の奥に隠しても、見つけられるだろうな」

「ええ、多分ね。貯水タンクのほかに考えられるのは、飾り壺の中かしら？　油彩画《ゆさいが》の額の裏側にICレコーダーのメモリーを粘着テープで固定することもできますでしょ？」

「そうですね。ご主人が証拠品を職場から持ち出してないとしたら、合同庁舎か九段分室のどこかに隠されてると考えるべきかな」

「そうなのかもしれませんね」

「合同庁舎か九段分室に証拠品がなかったら、同僚たちの誰かが法務省高官の圧力に屈して、藤巻さんが告発しようとしてた三つの事案の立件材料を……」

「盗んだんでしょうか」

「そうとしか考えられないですね。そうだったなら、藤巻さんの死に検察庁の人間が絡んでる疑いもあるな」

「そ、そんなことは考えられないと思います」

「全面的には否定できないんじゃないですか。ご主人が問題の事案を告発したら、圧力を撥《は》ねつけたことになります。法務省の高官が圧力をかけてたとすれば、面子《メンツ》を潰《つぶ》されたことになるでしょう？」

剣持は言った。

「ええ、そうですね」

「法務省のトップの法務事務次官の力そのものは、検察庁の最高責任者の検事総長、その補佐役の次長検事よりも弱いでしょう。しかし、法務事務次官の後ろには法務大臣が控えてます」

「そうですね」

「法務省を実質的に動かしてるのは検察庁と言われてますが、法務大臣の意向は無視できないはずです。法務事務次官は検察官の資格を有してますが、独断で圧力をかけたりはできないでしょう。法務大臣の示唆があって、東京地検特捜部に圧力をかけることになったんではないだろうか」

「そうなんですかね」

「大臣絡みの圧力を無視したら、磯村部長と二人の副部長は次の人事異動で左遷されかねません。ご主人の熱血ぶりを評価しながらも、出世を気にする検事も出てくるでしょう。そう考えると、検察内部の人間が三つの事案の証拠品を持ち去ったと疑えなくもない」

「いくら何でも、そんなことはしないでしょう。夫を殺したのは、内偵捜査中の三事案の関係者だと思います。ええ、そうなんでしょう。とにかく、塩沢さんに証拠品のことを訊いてみます。それで、また剣持さんに連絡いたします」

真澄が通話を切り上げた。剣持はスマートフォンを上着の内ポケットに戻した。

そのとき、大柄な城戸がのっそりと近づいてきた。

「六係の二人、まだ粘ってるみたいっすね」

「そうなんだ」

「主任、おれが替わるっすよ」

「いや、大丈夫だ。少し涼しくなってきたんで、ずっと外にいても苦にならなくなったからな」

「けど、疲れが出てきたはずっす」

「もう少し六係のクラウンの様子をうかがうよ」

「あんまり無理しないほうがいいと思うがな」

「心配するな」

「そうっすか。少し前に理事官から、電話があったみたいですね」

「いや、そうじゃないんだ。藤巻真澄からの電話だったんだよ」

剣持は、被害者の妻との会話を手短に巨漢刑事に語った。

「三つの事案の証拠品は結局、どこにもなかったんですか。法務事務次官あたりから東京地検特捜部に圧力《アツ》がかかったんで、藤巻が告発予定の三つの事案を検事総長は起訴しないようにしろと特捜部の磯村部長に言い含めたのかもしれないっすよ」

「で、磯村部長はそのことを藤巻修平に伝えた。だが、硬骨な藤巻は上司の命令に従わなかったんだろうか」

「それで、本部事件の被害者《マルガイ》は立件材料をどこかに隠したんじゃないですかね。それとも、同僚検事が自分らの出世の妨《さまた》げになると考えて、藤巻のロッカーから証拠品を盗んでデジカメのSDカードや録音音声のメモリーを焼却したんだろうか。どっちも考えられるっすね」

「そうだな」

「主任、法務事務次官クラスの幹部職員が三つの事案の主犯格と何か深い繋《つな》がりがあって、東京地検に圧力《アツ》をかけたんでしょうか。確か法務事務次官の明石潔《あかしきよし》は東京地検特捜部時代には、鬼検事と呼ばれてた熱血漢でしたっすよ」

「そういえば、そうだったな」

「そんな熱い男が藤巻の告発を阻止する気になるっすかね、たとえ法務大臣の命令だったとしても」

「法務省のトップ官僚にまで出世した明石は硬骨漢として知られてたが、案外、出世欲も強かったんじゃないのか。そうだとしたら、法務大臣の命令には背《そむ》けないだろう」

「上昇志向が強かったら、法務大臣の指示に従いそうっすね。ただ……」

城戸が口ごもった。

「ただ、何だ？」

「法務大臣が個人的な事情で、特捜部の内偵捜査を中止させたり、起訴を見送らせるかな。閣僚のひとりなんすよ。そんなことをしたとマスコミに報じられたら、大臣はそれまでに築き上げたものを何もかも失うわけでしょう？」

「そうだな。おそらく再起のチャンスは訪れないだろう。城戸は、法務大臣も法務事務次官も東京地検特捜部に圧力なんかかけてないんではないかと考えてるようだな？」

「そこまで出世した人間は、要職にしがみつくと思うんすよ。よっぽどの事情がない限り、ばかなことはしないでしょ？」

「だろうな。圧力《アツ》をかけたのは法務省のトップじゃなく、ナンバーツーかナンバースリーなんだろうか」

「あるいは、東京地検のトップの検事正かナンバーツーの次席検事が例の三事案の主犯格と何かで結びついてるのかもしれないっすね」

「ああ、考えられるな。地検の総務部、刑事部、交通部、公安部、公判部の部長クラスが特捜部の内偵捜査を中止させることはできないだろう」

「自分もそう思います。でも、各部の平職員でも特捜部フロアや検事のブースに入ることは可能でしょうから、そういう者が問題の証拠品を盗《ギ》ったのかもしれないな」

「二階堂さん経由で、服部管理官に三つの事案の関係者と繋がりのある検事や検察事務官がいるかどうか調べてもらうか」

「無駄になるかもしれませんけど、管理官に動いてもらったほうがいいと思うっす」

「そうするよ」

「主任、徳《トク》丸さんと自分は田宮主任監察官の自宅に回ったほうがいいんじゃないっすか。

印東の家《ヤサ》をずっと四人で張ってても、六係の二人が粘ってたら、対象者《マルタイ》も動きようがないでしょ？」

「田宮誉の自宅は世田谷区の三宿《みしゅく》にあるんだったな？」

「ええ、そうです。ここから、そう遠くないんで田宮の自宅に回ってみますよ。まだ帰宅してないかもしれないっすけど、もしかしたら、不正に目をつぶってやった警察官《サツカン》に酒を奢《おご》られて、タクシーで家まで送り届けてもらう可能性もありそうっすから」

「そうだな。そうしてもらうか」

剣持は指示した。巨漢刑事がうなずき、スカイラインに駆け寄った。

ほどなくスカイラインが走りだした。車が遠のいてから、剣持は二階堂理事官に電話をかけた。

「何か動きがあったようだね。印東が外出したんで、六係の二人が尾行を開始したのかな。そして、きみら四人は追尾中なのか」

「いいえ、そうじゃないんです」

「動きがないんで、田宮か喜多川の動きを探ることにしたのかな？」

理事官が言った。剣持は服部管理官の手を借りたいと前置きして、その理由を話した。

「城戸君の読みは外れてない気がするな。法務大臣や法務事務次官が東京地検特捜部に圧力をかけたとは考えにくいね。おそらく検察庁の人間の誰かが、三つの事案関係者に抱き込まれて、藤巻検事がどこかに保管してた証拠品を盗み出したんだろう。そいつが誰なのか見当もつかないがな。立件材料がなければ、起訴に持ち込むことはできなくなる」

「理事官、ちょっといいですか。藤巻検事に犯罪を見破られた連中は証拠品を手に入れれば、何も検事を殺害する必要はないわけですよね？　起訴される可能性は低いですから」

「検察庁職員の誰かに証拠品を持ち出させた謎の人物は藤巻検事がまだ別の立件材料を持ってるかもしれないと大事をとって……」

「藤巻を亡き者にしたんでしょうか」

「そうなんじゃないのかな」

「そういうことなら、得心《とくしん》できます」

「服部管理官に連絡して、例の事案関係者と接点のある検察庁職員がいるかどうか調べてもらおう」

「そうしてもらえると、助かります。報告が遅れましたが、徳丸・城戸班は田宮の自宅に向かってもらいました。六係の二人が張り込みを続行中なんですよ」

「そう。覆面パトカーが動く気配がなかったら、きみと雨宮巡査長は喜多川首席監察官の国家公務員住宅に回ったほうがよさそうだな。喜多川は港区元麻布《もとあざぶ》の官舎住まいだから、印東の自宅マンションからは車で二十分前後で行けるだろう」

「あと三十分ほど経っても、六係の二人が消えなかったら、雨宮と喜多川の自宅に行ってみます」

「そうしてくれないか」

理事官が電話を切った。

剣持はポリスモードを懐に突っ込み、広い通りを見た。依然として、黒い覆面パトカーは路上に駐《と》められている。

剣持は溜息《ためいき》をついた。その直後、梨乃がプリウスの運転席から出てきた。剣持は無言で首を左右に振った。

「徳丸・城戸班は、田宮か喜多川の自宅に回ったみたいですね?」

向かい合うと、梨乃が先に言葉を発した。

「三宿《ヤサ》にある田宮の家に向かってもらったんだよ、こっちに動きがないんでな」

「六係の覆面パトカーに張り込まれてたら、印東公明も外出できませんよね」

「そうだろうな。もう少し待っても状況が変わらなかったら、おれたちも喜多川の塒《ねぐら》に向かおう」

「わかりました」

「雨宮にも、理事官経由で服部管理官に頼みごとをしたことを教えておこう」

剣持は経過を手短に喋《しゃべ》った。

「問題の立件材料を盗んだのが、被害者の職場の者だったら、なんだか遣り切れないな。藤巻検事は仲間に裏切られて、犬死にさせられたことになるわけですので。たとえ実行犯を突きとめても、故人は浮かばれないと思います」

「おれたちが事件の真相を暴けば、被害者《マルガイ》が告発できなかった犯罪は新聞やテレビで大々的に報じられるだろう。そうなれば、熱血検事は安らかな眠りにつけると思うよ」

「そう考えることにします。やたら正義を振り翳《かざ》す人たちはどこか偽善者っぽいから、わたしは嫌いです。ですけど、捜査関係者や報道関係者は社会悪や犯罪と本気で闘う姿勢を崩しちゃいけないんですよね」

「そう思うよ、おれも」

「藤巻検事は若死にしてしまったけど、わたしたちに忘れかけてる大事なことを思い出させてくれましたよね。だから、主任、仮に警察に圧力がかかってきても、絶対に事件を解明しましょう」

「もちろん、及び腰になんかならないさ」

「主任、少し休んでくださいよ」

梨乃が言った。剣持は生返事をした。

ちょうどそのとき、覆面パトカーのクラウンが動きはじめた。六係の二人は張り込みを切り上げることにしたのだろう。

「覆面《メン》パトが走りだしたぞ。雨宮、車を表通りに移してくれ」

「はい！　粘った甲斐《かい》がありましたね」

「喜ぶのは早い。印東は今夜、外出しないかもしれないからな」

「それでも、動きやすくなったじゃないですか」

梨乃は笑顔でプリウスに走り寄った。

剣持は、『南青山アーバンビュー』のある通りに出た。とうにクラウンは闇に呑《の》まれていた。

剣持は暗い路上で立ち止まった。

少し待つと、脇道からプリウスが走り出てきた。剣持は助手席に坐った。車内は冷房で涼しかった。生き返ったような心地がする。

美人刑事がプリウスをガードレールに寄せ、手早くヘッドライトを消した。

「印束が外出して、誰かと接触してくれるといいがな」

「ええ。今夜が空振りに終わったら、わたし、囮《おとり》になってもいいですよ」

「色仕掛けで印束に迫って、罠に嵌《は》めれば、早く片がつくだろう。しかし、それは危険すぎる。印束は素人《トウシロ》じゃないんだ」

「ええ、わかっています。身に危険が迫ったら、わたし、うまく逃げますよ。印束に接近すれば、田宮や喜多川との繋がりがはっきりわかるはずです。それから、競売物件の購入資金のことも明らかになるでしょう」

「印束に不審がられたら、きみは体を穢《けが》されるかもしれない。その後、さんざん痛めつけられて殺《や》られるとも考えられる」

「その前にうまく逃げます」

「失敗したら、取り返しのつかないことになる。雨宮にそんな危ないことはさせられない」

剣持は部下の提案を斥《しりぞ》け、フロントガラスの向こうを見据えた。

溜息をつきそうになった。

3

午後十時半を回ったが、印東は外出する様子がない。

剣持は迷いはじめた。喜多川首席監察官の住む国家公務員住宅に向かうべきか。そうしたほうが賢明なのかもしれない。

しかし、張り込みを切り上げかけたとき、捜査対象者が動きだした例が過去に幾度もあった。なかなか踏んぎりがつかない。

「印東、部屋から出てきませんね」

運転席で、梨乃が言った。幾分、疲れが表情に出ていた。

剣持は無言でうなずいた。その直後、上着の内ポケットで刑事用携帯電話《ポリスモード》が着信音を発した。手早くポリスモードを摑み出す。発信者は徳丸だった。

「田宮が、ついいましがた帰宅したぜ。高級ワインを何本も抱えてた。ロマネ・コンティのボトルもちらりと見えたな」

「贅沢な暮らしをしてるようですね」

「まともな公務員は、ロマネ・コンティなんか買えっこねえ。田宮の野郎は悪さをした警官や職員から数百万円の〝お目こぼし料〟を毟《むし》ってたんだろうよ。仮にひとりから二百万円貰ってたとしたら、十人で二千万円だな。百人なら、二億だ」

「そういう計算になりますね。千人から二百万円ずつ貰ってたら、二十億円になります。警察庁の喜多川と山分けしても、十億円の裏収入を得られる」

「それだけの銭がありゃ、競売に出された中古マンションや戸建て住宅をたくさん購入できる。印東に謝礼を払っても、転売で一千万以上の売却益が出りゃ、預金は貯まる一方だろう。リッチな生活を満喫できるわけだ」

「そうですね」

「なんか腹が立ってきたな。悪さをした連中も気に入らねえけど、同業の弱みにつけ込んでる田宮と喜多川は汚すぎるぜ。城戸も、二人の監察官はヤー公以下だと言ってる」

「こっちも、そう思いますよ」

「剣持ちゃん、田宮の部屋に押し入って半殺しにしちまってもいいだろ？　とことん痛めつけても、田宮には弱みがあるから被害届《タレ》なんか出せっこない」

「ええ、それはね」

「暴発を装って田宮の腕か腿《もも》を撃ちゃ、喜多川と組んで〝お目こぼし料〟をせびってたことを吐くだろうし、藤巻を殺《や》ってりゃ、そのことも自白《ウタ》うと思うぜ」

「徳丸《トク》さんがアナーキーな気持ちになるのは理解できますが、そこまで過激なことをやるのはまずいですよ。おれたちの処分のことはともかく、極秘捜査班が存続できなくなるかもしれない。鏡課長はやむにやまれぬ気持ちから、チームを創設したんです。そういうチームがなくなったら、税金の無駄遣いがつづくでしょうし、警察社会の腐敗も改まらないでしょうね」

「ま、そうだろうな」

「ここは少し冷静になって、田宮と喜多川が本部事件に関与してるかどうか調べ上げましょうよ。ね、徳丸《トク》さん!」

剣持は言い諭《さと》した。

「わかったよ、剣持ちゃん。ところで、まだ六係の二人は張り込んでるのかい?」

「いいえ、もう引き揚げました。いま、おれたちは『南青山アーバンビュー』のある通りにいます。しかし、印東はいっこうに部屋から出てこないんですよ」

「そうか。午前零時まで粘ってみようや、どっちもさ」

「そうしましょう」

「田宮に何か動きがあったら、すぐに連絡するよ」

徳丸が先に電話を切った。剣持はポリスモードの通話終了ボタンを押した。数秒後、着信ランプが瞬《また》いた。

発信者は二階堂理事官だった。

「服部君の報告によると、検察庁職員の中で例の三事案の捜査対象者とつき合いのある者はいなかったそうだ」

「そうですか。しかし、双方の者たちは一面識もなかったとしても、間接的な方法で検事か検察事務官に接近することは可能だと思います」

「ああ、そうだね。そのあたりのことを引きつづき服部管理官に調べてもらうよ」

「お願いします。六係の二人は引き揚げたんですが、依然として印東公明は動きを見せないんですよ」

「そうなのか。もう少し経ったら、喜多川の官舎に回ったほうがよさそうだな」

「そうしますよ」

剣持は通話を終え、刑事用携帯電話《ポリスモード》を上着の内ポケットに戻した。

それから間もなく、『南青山アーバンビュー』の地下駐車場から黒い外車が走り出てきた。マセラティだった。

「主任、ようやく印東が動きだしましたね。ステアリングを握ってるのは、間違いなく経済やくざでした」

「雨宮、たっぷりと車間距離を取って印東の車を尾《つ》けてくれ」

「了解!」

梨乃は、マセラティが闇に紛れる直前にプリウスのライトを点《つ》けた。

尾行開始だ。イタリア車は青山通りに入り、渋谷方面に進んだ。プリウスは間に数台の車を挟みながら、慎重にマセラティを追走した。

印東の車は青山通りを直進し、そのまま玉川《たまがわ》通りをたどった。やがて、東名高速道路に乗り入れた。下り線の流れはスムーズだった。

尾行をつづける。印東に気取《けど》られてはいないようだ。

マセラティは右のレーンを高速で走っている。プリウスは時々、左のレーンに移った。時には意図的にマークした外車を追い抜いた。尾行を覚《さと》られないようにしたわけだ。

印東の車はひた走りに走り、足柄《あしがら》ＳＡ《サービスエリア》に入った。梨乃もプリウスをサービスエリアに進める。

マセラティは、広い駐車場のほぼ中央に停められた。印東はすぐに運転席から出て、急ぎ足でトイレに向かった。尿意を堪《こら》えていたのだろう。

梨乃がマセラティから少し離れた場所に車を停めた。ちょうどそのとき、灰色のレクサスから四十代半ばの細身の男が降りた。

「主任、レクサスから降りたのは警察庁の喜多川首席監察官ですよ」

「えっ」

剣持は目を凝《こ》らした。まさしく喜多川だった。マニラ封筒を抱えた首席監察官が足早にトイレに向かった。

「印東と喜多川はトイレで落ち合うことになってたんだろう。そっちは車の中で待機しててくれ」

剣持は梨乃に指示し、急いでプリウスの助手席から出た。駐車中の車は少ない。人影も疎《まば》らだった。走ったりしたら、喜多川が振り向くだろう。

剣持は、ごく自然な足取りを心掛けた。すでに印東は男性用トイレの中に入っていた。ほどなく喜多川もトイレに吸い込まれた。剣持は駆け足になった。男性用トイレの出入口に数歩入り、耳に神経を集める。

「喜多川さん、お願いした六百万持ってきてくれました？」

「ああ。この封筒に入ってる。ほら、持ってけ」

「確かに受け取りました。領収証は切れませんけどね。えへへ」

「きみは強欲だな。ちゃんと謝礼は払ってきたじゃないか」

「欲が深いのはそちらでしょう？　おれはかなり危《ヤバ》い手を使って、必ず競売物件を落札してきました。先に落札したのが堅気じゃないときもあった。そんな相手に落札した物件を放棄しろと言葉で凄んでも、ビビらせることはできません」

「………」

「相手がどこかの組員なら、対立する組織の大幹部にお出まし願ってるんですよ。ロハで動いてくれる者なんかいやしません。それなりに銭がかかります。それから、裁判所の職員に小遣いを渡して、入札前に予《あらかじ》め最低落札価格を聞き出すこともある」

「きみには、手に入れてくれた競売物件の落札価格の五パーセントを払ってるじゃないか」

「ええ、そうですね。しかし、諸々《もろもろ》の経費がかかるんですよ。少なくとも十パーセントはいただかないと、おいしくないんだよな」

「きみは五パーセントの謝礼でいいと言ってくれたじゃないか。それなのに、五百万、六百万と追加を要求するのは汚いぞ。田宮君だって、怒ってるにちがいないよ」

「あんたたち二人はおれが落札した競売物件を転売して、かなりの利鞘《りざや》を稼いだ。名義を貸してくれた縁者にお礼をしても、たっぷり儲けたはずです。それに転売ビジネスの元手は、真っ当な銭じゃない。あんたたち二人は監察官でありながら、お巡りや職員たちのスキャンダルや犯罪を見逃してやって、三百人以上から結構な額の〝お目こぼし料〟をせしめてた。とんでもない悪党だよな」

「き、きみはわたしを脅迫してるのか⁉」

喜多川が驚きの声をあげた。

「だとしたら、どうするんです？　おれを逮捕《パク》ってもいいですよ。けど、できるかな？」

「………」

「できないやね。あんたら二人は、悪徳警官どもから総額で四億五千万前後いただいちゃったんだから」

「田宮君は今後も追加分を払いつづける気なのかもしれないが、わたしは今回限りだぞ」

「そんなに強気になってもいいのかな」

「印東、わたしはそのへんの暴力団係《マルボウ》とは違うんだぞ」

「キャリアさまをなめるなってことか。あんたは警察庁採用のエリートかもしれないが、おれたちと同じクズだな」

「おい、言葉を慎め！」

「虚勢を張っても無駄ですよ。おれは、あんたの急所を握ってるんだ」

印東がせせら笑った。

剣持はトイレの中に躍り込みたい衝動に駆られた。だが、すぐに思い留《とど》まった。田宮と喜多川が検事殺しに関与してるかどうか、まだわかっていない。

「おまえは、この先もわたしたち二人を強請りつづける気なのかっ」

「それぞれ三千万円ずつ追加の謝礼をおれに払ってくれれば、終わりにしてやってもいい。ただ、キャリアのあんたにやってもらいたいことがある」

「何をさせる気なんだっ」

「おれの犯歴を抹消してほしいんだよ、あんたの力でね。警察庁刑事局鑑識課指紋センターのAファイルだけじゃなく、Bファイルの指紋の紋様データも消してもらいたいな。前科があると、何かと生きにくい。わかるでしょ？」

「そんなことはできない」

「あんた、キャリアでしょ？　その気になりゃ、おれの犯歴データぐらい消せるだろうが！」

「無理だよ。そんなことまでできるわけないじゃないかっ」

「おれの犯歴データを消してくれないんだったら、あんたと田宮のことを警察の偉いさんに教えて司法取引を持ちかけてみるか」

「アメリカとは違うんだ。日本の警察は、犯罪者とむやみに裏取引なんかしてない」

「喜多川さん、何事にも例外があるんだよ。二人の監察官の犯罪を表沙汰にされることを恐れて、おれと裏取引をしてくれる首脳部もいそうだな」

「そんなことをされたら、キャリアのわたしの前途は真っ暗だ。田宮君も同じだな。きみの犯歴データをそっくり削除することは容易じゃないが、鑑識課長には少し恩を売ってあるんで、何とかできるかもしれない」

「そんな頼りない返事じゃ、おれは満足できないな。いいよ、誰か偉いさんと裏取引することにするから」

「やめてくれ、そんなことは。あと追加分として、五千万円払おう。それで、もう勘弁してくれないか。この通りだ」

「両手を合わせて頭を下げても、もう遅いな。おれは、あんたよりもずっと偉い警察官僚と裏取引するよ。そう決めたんだ」

「印東、図に乗るんじゃないっ。わたしは裏社会の顔役を知ってるんだ。殺し屋を差し向けることもできるんだぞ」

「今度は開き直ったか。面白い！　おれの命《タマ》を奪《と》りたいんだったら、ヒットマンでも雇えよ。殺《や》られる前に、おれはあんたたち二人の悪事をマスコミに教えてやる。司法取引なんか、もうどうでもいい」

「印東、いや、印東さん、そんなことはしないでくれ。わたしが悪かったよ。もう少しなら、追加の謝礼を払う。それから、きみの犯歴のデータも完全に消去してやろう」

「本当にやってくれるんだろうな？」

「ああ、約束するよ。だから、これまで通りに仲良くやろうじゃないか。今後も、競売物件をどんどん落としてほしいね。落札価格の十パーセント、いや、十五パーセントの謝礼をきみに払うよ。田宮君にも、そうさせる。それで、文句はないだろう？」

「謝礼は二十パーセントにしてほしいな」

「あ、足許を見おって！」

「いやなら、別にいいんだぜ。こっちは、二人を破滅させられる切札を握ってるんだ。おれも正規の落札者を脅迫して物件をキャンセルさせたんで、罪には問われるだろうよ。けど、あんたたち二人の悪事と較《くら》べりゃ、かわいいもんだ。脅迫罪で実刑を喰らったって、屁《へ》でもない。すでに前科者だからな」

「わたしの負けだ。落札価格の二十パーセントをきれいに払うよ。もちろん、きみの犯歴データもそっくり削除する。ああ、約束は守るよ」

「いい心掛けだ。先に車に戻るぞ」

「御殿場IC《インター》で降りて、東京に舞い戻るんだな？」

「そうするつもりだ」

二人の会話が熄《や》んだ。

剣持はトイレの出入口から二十メートルほど離れ、死角になる場所に走り入った。待つほどもなく喜多川が姿を見せた。

首席監察官を呼びとめ、梨乃を呼んで印東の身柄を確保させるか。一瞬、剣持はそう思った。しかし、印東が護身拳銃を隠し持っているとも考えられる。そうなら、部下が撃たれることになるかもしれない。それに、喜多川が悪事を素直に認めるとは思えなかった。

剣持は目まぐるしく思考を巡らせ、首席監察官をもう少し泳がせることにした。

喜多川がレクサスに乗り込み、ただちに発進させる。レクサスが遠のいたとき、男性用トイレから印東が出てきた。

剣持は足音を殺しながら、印東の背後に回り込んだ。

印東は背後の気配に気づかないのか、大股でマセラティに近づいていく。イタリア車の手前まで進んだとき、重い銃声が轟《とどろ》いた。

印東が短く呻いて、横に倒れた。まるで突風に煽《あお》られたような倒れ方だった。左の肩口を撃たれたらしい。

剣持は身を屈《かが》め、あたりを見回した。
二十五、六メートル前方に、黒いスポーツキャップを目深《まぶか》に被った男が立っていた。両手保持で拳銃を構えている。暗くて型《タイプ》まではわからない。リボルバーではなさそうだ。
二発目の銃弾が放たれた。

銃口炎《マズル・フラッシュ》が狙撃者の顔を浮き立たせた。三十四、五歳で、男臭い顔立ちだ。銃器の扱いには馴《な》れている様子だった。弾《たま》は、的《まと》から大きく逸《そ》れていた。

プリウスのドアが開き、梨乃が飛び出してきた。ローシンL25を手にしている。アメリカ製の小型拳銃だ。

「おい、拳銃を足許に落とせ！」

剣持は狙撃者に命じ、ホルスターからシュタイアーS40を抜いた。梨乃もスポーツキャップの男に銃口を向けた。

狙撃者がたじろぎ、すぐ身を翻《ひるがえ》した。駐車場の奥まで逃げ、灰色のセレナ二〇〇〇ハイウェイスターVセレクションの運転席に乗り込んだ。

「雨宮、後を頼むぞ。おれは狙撃者を追う」

剣持は拳銃をホルスターに突っ込み、プリウスの運転席に入った。

早くもセレナは駐車場を出て、合流線に向かっていた。剣持はすぐさまセレナを追跡しはじめた。遠すぎて、逃走車輌のナンバーは読み取ることはできない。

セレナは御殿場ＩＣ《インターチェンジ》まで時速百四十キロ前後で猛進し、次の裾野《すその》ＩＣで一般道に降りた。裾野カンツリー倶楽部方面に数キロ走ると、狙撃者はハンドル操作を誤った。

セレナはガードレールに接触し、その反動で反対車線の向こう側の橋脚に激突した。フロントグリルは大きく潰れた。

剣持はプリウスを車道の端に停め、セレナに駆け寄った。

ドライバーは破損した車内に閉じ込められ、運転席で唸っていた。額は血塗れだった。

「誰に頼まれて、印東公明を狙撃したんだ？」

「早く救急車を呼んでくれ。もちろん、レスキュー車もな。両脚を挟まれてるんで、車から出られないんだ」

「ごまかすんじゃない。訊かれたことに答える気がないなら、シュートするぞ」

剣持は、シュタイアーＳ40の銃口を相手の脇腹に密着させた。

「おたく、何者なんだ？」

「質問に答える気がないなら、九ミリ弾を浴びせる」

「撃つな！　警察庁《サッチョウ》の喜多川首席監察官に印東公明を始末してくれって頼まれたんだ」

「そっちは悪さをした警官だな？　そうなんだろうが！」

「ああ、そうだよ」

「所属は？」

「新宿署組織犯罪対策課にいる」

「名前と職階を教えろ」

「稲富大輔《いなとみだいすけ》、まだ巡査部長だよ。うーっ、脚の痛みが強くなった。早く一一九番通報してくれないか」

「それだけ喋れりゃ、命に別状はないだろう。どんな不正をして、本庁人事一課監察に目をつけられたんだ？」

「売人から押収した五十パケの覚醒剤《シャブ》を署には持ち帰らず、ほかの組員に二十万円で横流ししたんだ。その程度の脱線をしただけなのに、本庁の田宮主任監察官と警察庁《サッチョウ》の喜多川首席監察官の二人に百五十万円ずつ〝お目こぼし料〟を払わされたんだよ。高くついたぜ」

「その上、喜多川に印東を始末してくれと命じられたんだな？」

「そう。命令に従わなかったら、おれを懲戒免職に追い込むって威《おど》されたんで、仕方なく知り合いのヤー公に足のつかないコルト・ガバメントを用意させて……」

「さっき使った凶器はどこにある？」

「グローブボックスに入ってるよ。全面自供したんだから、早く救急車を呼んでくれないか。頼むよ」

稲富が哀願した。

「もう少し我慢しろ。田宮と喜多川は、なぜ金に執着してるんだ？」

「二人は六本木の違法カジノに通ってて負けが込んで、それぞれ住川会《すみかわかい》に一億五千万円の借金があるみたいだよ。その違法カジノを仕切ってるのは関東一の組織なんだ。借金を返さなきゃ、二人とも殺されることになる。だから、悪事に走ったんだろうな」

「東京地検特捜部の藤巻って検事が田宮と喜多川を内偵してたことは知ってるか？」

「ああ、田宮さんから聞いたよ。その検事を殺《や》ったら、一千万くれると言われたんだが、おれは断った。田宮さんは〝お目こぼし料〟を払ったほかの連中にも同じ話を持ちかけたみたいだが、みんなに断られたようだな」

「で、田宮は喜多川と相談して、流れ者か誰かに藤巻検事を片づけさせたんじゃないのか？」

「あの二人にそれだけの度胸はないよ。それだから、競売物件の転売の儲けで住川会の借金を返してるのさ」

「開き直った生き方はできないと言うが、喜多川は印東を殺《や》ってくれとそっちに頼んだわけだから……」

「印東公明は悪党中の悪党みたいだな。田宮さんと喜多川さんに頼まれて競売物件を安く手に入れてやったことを恩に着せ、警察の裏金をくすねろとか喜多川さんの二十歳の娘を一度抱かせろとか言ってくるらしいんだ。だから、このおれに印東を殺《や》らせようとしたわけさ。でも、二人の監察官は検事殺しにはタッチしてない。どっちも、そこまで捨て鉢にはなってないよ」

「そうかな」

「おたく、同業なんじゃないのか?」

「さあな」

「そんなことはどうでもいいや。とにかく、早くレスキュー車と救急車を呼んでくれないか」

「派手な衝突音がしたから、もう近所の住民が事故の通報をしただろう。そのうち救急車が来るんじゃないか。あばよ」

　剣持は冷笑し、小走りに車道を横切った。

4

アジトの会議室は薄暗い。

窓はブラインドで閉ざされている。テーブルの向こう側に、田宮と喜多川が並んで腰かけていた。どちらも頭から黒い布袋を被せられ、後ろ手錠を打たれている。

足柄SAで印東が稲富大輔に撃たれた翌日の午前十時半過ぎだ。チームの四人は二手に分かれ、自宅を出た二人の監察官を拉致《らち》した。

手間取ることはなかった。田宮と喜多川の首筋に高圧電流銃《スタンガン》を押し当てて昏倒させ、頭にすっぽりと布袋を被せて車の後部座席に押し込んだ。

剣持たち四人は横に並んで立っていた。

「きみらはテロリスト集団なんだな？」

喜多川が誰にともなく言った。最初に口を開いたのは剣持だった。

「おれたちのことを詮索しないほうがいいな」

「目的は何なんだっ。どうせ金なんだろうが！　いくら欲しいんだ？」

「金をせしめる気はない。それから、こちらの質問にちゃんと答えれば、手荒なことはしないよ」

「本当だな？」

「ああ。あんたは警察庁の首席監察官でありながら、犯罪に手を染めてた」

「無礼なことを言うなっ。わたしはキャリアなんだぞ。後ろ暗いことなんか何もしてない」

「あんたが隣の田宮主任監察官とつるんで、何人もの悪徳警官や職員たちから数百万円の〝お目こぼし料〟を貰ってたことはわかってる。総額で四億五千万前後をせしめたはずだ」

「ば、ばかなことを言うな。われわれは不正を働いた警察官や職員を取り締まってるんだぞ」

「そうだよ」

田宮が喜多川の語尾に言葉を被せた。

「二人とも、もう観念しろ。喜多川、おれは昨夜《ゆうべ》、あんたが足柄ＳＡのトイレで印東公明と落ち合ったことも知ってるんだ。印東のマセラティを尾行してたのさ。あんたの車は灰色のレクサスだった」

「えっ」

喜多川が絶句した。かたわらの田宮が狼狽《ろうばい》しはじめた。

「あんたたち二人は〝お目こぼし料〟で、印東に競売物件を次々に落札させてた。手に入れた中古マンションや戸建て住宅はそれぞれ親族の名義にしてあったんで、あんたたちが怪しまれることはなかったがな。物件の転売で得た利益は、六本木の違法カジノの借金返済に充《あ》てってたんだろう？」

「きみは、印東との遣り取りを盗み聴きしてたのか⁉」

「それだけじゃない。二人の会話はICレコーダーに録《と》ってある」

剣持は平然と嘘をついた。はったりだった。別に音声は録音していない。

喜多川と田宮が、相前後して長嘆息した。

「もう諦めるんだな。あんたは印東に追加の謝礼をせびられつづけた。きのうは、トイレで六百万入りのマニラ封筒を渡した。おれは、そこまで知ってる」

剣持は喜多川に言った。

「なんてことなんだ」

「印東はあんたに無理難題を吹っかけ、昨夜は自分の犯歴データを抹消してくれと言ってた」

「そんなことまで盗み聴きされてたのか」

「あんたは印東をなんとかしないと、際限なく強請られるかもしれないと頭を抱えた。そして、新宿署の悪徳刑事の稲富大輔に印東を狙撃させた。だが、印東は死ななかった」

「…………」

「神奈川県内の救急病院に搬送された印東は、一カ月ちょっとで退院できるだろう。狙撃にしくじった稲富は車で逃走中にハンドル操作を誤って橋脚に激突し、全治二カ月の怪我《けが》を負った」

「おたくは、稲富の口を割らせたんだな?」

喜多川が確かめる口調で訊いた。

「そうだ。住川会の息のかかった違法カジノの借金を踏み倒すわけにはいかなかったんだろうが、二人とも愚かなことをしたもんだな」

「反社会の奴らが牙を剝《む》いたら、家族にも危険が及ぶ恐れがある。だから、わたしたちは不正な手段を使ってでも、負債をきれいにしたかったんだ」

「人生を棒に振ったな、二人とも。自業自得だろう。おれはあんたたちに同情しない」

「なんとか見逃してもらえないか」

「少しは反省しろ!」

剣持はテーブルを拳《こぶし》で打ち据えた。喜多川と田宮が竦《すく》み上がる。

「こいつら、ちっとも反省してねえな。いっそ殺《や》っちまうか」

徳丸が聞こえよがしに言った。城戸が心得顔で同調する。梨乃も異論は唱えなかった。

「この二人には、生きる価値もない。始末してもいいだろう」

剣持は部下たちと調子を合わせた。と、田宮が涙声で訴えた。

「こ、殺さないでください」

「よくそんなことが言えるな」

「どういう意味なんです？」

「あんたたちは東京地検特捜部の藤巻検事に多額の〝お目こぼし料〟を吸い上げてたことを知られてしまったんで、悪徳警官か流れ者に目障りな人間を撲殺させたんだろうが？」

剣持は探りを入れた。

「その検事がわたしたち二人の身辺を嗅《か》ぎ回ってたことは知ってたが、その事件にはどちらも関わってないよ。嘘じゃない」

「その言葉をすんなり信じるほど甘くないぞ」

「田宮が言ったことは事実だよ」

喜多川が早口で言った。

「あんたは、稲富を含めて幾人かの悪徳警官に藤巻修平の口を塞《ふさ》いでくれないかと頼んだはずだ」

「稲富はそんなことも喋ってしまったのか」

「どうなんだ！」

「稲富のほかに検事を消してくれる奴がいなかったんだよ」

「田宮と相談して、藤巻検事を亡き者にしようとしたんだなっ」

「相談したという形じゃなかったんだ。わたしが、そうしようと提案したんだよ。別に田宮は反対しなかった。それだから、実行犯探しをはじめたんだが、殺人《コロシ》を請け負ってくれる奴がいなかったんだ」

「喜多川の言ったことに間違いはねえのか？」

徳丸が田宮に声をかけた。

「ないよ。実はわたし、藤巻修平を逆に尾行したことがあるんだ」

「その話、本当なんだな？」

「ああ、事実だよ。検事は港区港南《こうなん》五丁目にある東京出入国在留管理局に張り込んで、局次長の船木則文の私生活を洗ってるようだったな」

「船木は何か悪さしてたのか？」

「証拠を摑んだわけじゃないが、どうも東京入管の幹部職員は知り合いの結婚相談所所長と共謀して、偽装国際結婚ビジネスで荒稼ぎしてるみたいだね」

「もう少し詳しく教えてくれ」

剣持は話に割り込んだ。

「船木は長期滞在を望んでる中国人、韓国人、タイ人、マレーシア人、ロシア人、ルーマニア人、ウクライナ人の女たちを貧しい日本人男性と形だけの結婚をさせて、依頼人たちから百二十万円の謝礼を貰ってるようなんだ。それとは別に、女たちは見せかけの夫に八十万円のお礼をしてるみたいだよ」

「船木は知人の結婚相談所所長と百二十万円を山分けしてるんだろうか」

「そうなんだと思うね」

「その程度の裏収入じゃ、たいして旨味《うまみ》はないな」

「船木は、オーバーステイの外国人女性たちに手入れの情報を教えて謝礼を貰ってるんだろうね。それから、彼女たちの肉体も弄《もてあそ》んでるんじゃないのかな」

田宮が言った。二階堂理事官から渡された捜査資料とほぼ内容は合致していた。田宮が藤巻検事の動きを探ったという話は信じてもよさそうだ。

「いつも検事はひとりで船木を内偵してたの？」

梨乃が田宮に問いかけた。

「わたしが藤巻検事をこっそり尾《つ》けたのは三回なんだが、二回はひとりだったね。一回は塩沢とかいう三十四、五歳の男と一緒だったよ。多分、その彼はコンビを組んでる検察事務官だったんだろう」

「検事が船木の私生活を探ってたのは、いつごろのことなの？」

「四月の中旬から五月の上旬のころだね。東京入管の幹部職員は偽装国際結婚のブローカーめいたことをやったり、手入れの情報を流してただけなんだろうか」

「どういうことなのかしら？」

「船木という局次長は、怪しげな外国人女性を麻薬の運び屋として使ってたのかもしれないね。あるいは、日本の軍事情報を彼女たちを通じて外国の情報機関に売ってたとも考えられるんじゃないのかな」

「船木がスパイめいたことをやってるとしたら、東京地検の公安部検事が動くと思うんだけど……」

「担当はそうなんだが、内偵の取っかかりは偽装国際結婚だったんだろうから、藤巻検事が検察事務官と一緒に捜査に当たってたんじゃないのかな。事案内容が守備範囲を外れることもあるからね」

田宮が口を閉じた。

船木が偽装国際結婚ビジネスで汚れた金を得ていたとしても、麻薬の密売やスパイ行為をしているとは思えない。現に捜査本部の資料にはそのことは記載されていなかった。東京出入国在留管理局の幹部職員は不法滞在外国人たちに何か儲け話を持ちかけ、巧妙に預金を奪い取っているのではないか。そうだとしたら、詐欺容疑の内偵捜査だったのだろう。

そのあたりのことを塩沢検察事務官に教えてもらったほうがよさそうだ。剣持は田宮と喜多川を等分に見ながら、そう考えていた。

「東京入管の局次長が外国人マフィアを使って、藤巻検事を殺害させたんじゃないのかね。その疑いはあるよ」

喜多川が言った。剣持はすぐに応じた。

「それは、おれたちが判断する」

「おたくらの正体、読めたぞ。東京地検の非公式チームなんだろ？　七月上旬に特捜部のエース検事が撲殺されたんで、臨時に弔《とむら》い捜査班が結成されたんじゃないのか。警察に先に犯人《ホシ》を検挙《アゲ》られたんでは恰好《かっこう》がつかないからな。次席検事の真下《ました》さんとは面識があるんだ」

「おれたちは検察の人間じゃない」

「なら、警察の者なのか？」

「それも外れだ。おれたちは民間の世直しチームさ」

「冗談だろ？」

喜多川が甲高《かんだか》い声を出した。

「真面目《まじめ》な話だよ。世の中には法網を擦り抜けてる狡猾《こうかつ》な悪人がいる。おれたちはそういう奴らの犯罪を暴いてるんだ。法では裁けそうもない相手は私的に罰してる」

「つまり、密《ひそ》かに処刑してるってことだな？」

「そうだ」

「日本は法治国家なんだ。私設法廷なんかあってはならない。そんな蛮行《ばんこう》は許せないな」

「悪人が善人ぶるとは笑わせるじゃないか。あんたたち二人を私刑《リンチ》するか」

「や、やめろ！　やめてくれーっ」

「二人を警察に引き渡してもいいが、刑務所で生き恥を晒《さら》すことになるぞ」

「それも困る。田宮とわたしにイカサマなカードゲームとルーレットで大きな借金を背負わせた六本木の違法カジノが悪いんだ。住川会の奴らはわたしたちの博打《ばくち》好きにつけ入って、カモにしたんだよ。一億五千万円からの借金を背負わされたら、まともな方法では負債から逃れられないじゃないか」

「だろうな」

「田宮もわたしも、不正や犯罪に走った警察官や職員を厳しく取り締まりたかったよ。でも、不祥事を起こした所轄署刑事がわれわれ二人に帯封の掛かった札束を差し出して、どうか見逃してくれと泣き崩れたんだ」

「それで味をしめて、大勢の悪徳警官から数百万円の〝お目こぼし料〟をせびるようになったわけか」

「住川会の取り立ては厳しかったんだよ。金の返済が少しでも遅れると、わたしたちの不祥事をマスコミにリークすると脅迫してきたんで、ついつい悪事に走ってしまったんだ。わたしたちをカモった住川会の息のかかった違法カジノがいけないんだっ。カジノの責任者の穴水《あなみず》って男も懲らしめてくれ」

「どんなに泣き言を並べても、あんたたちを見逃してやる気はないっ」

「そう言わずに、情けをかけてくれないか」

「甘ったれるんじゃない！」

剣持は喜多川を怒鳴りつけて、会議室を出た。事務フロアに移り、服部管理官に電話をかける。
スリーコールで、通話可能状態になった。剣持は経緯を伝え、田宮と喜多川の身柄を
確保したことも話した。
「本庁《うち》の主任監察官と警察庁の首席監察官が違法カジノに多額の負債があるからって、
まさかそこまで堕落してるとは情けないですね。捜査本部はその裏付《ウラ》けを取れなかった
んで、内心、ほっとしてたんですよ」
「そうだろうな」
「喜多川首席監察官は競売物件を買い漁らせてた経済やくざの印東を悪徳刑事の稲富大
輔に片づけさせようとしたなんて、呆《あき》れて二の句がつげません」
服部が溜息混じりに言った。
「そうだよな。殺人は未遂に終わったわけだが、喜多川の罪は大きい」
「ええ、そうですね。でも、田宮も喜多川も本部事件ではシロなんでしょ？」
「それは間違いないだろう。被害者が告発する気でいた三つの事案で残ったのは一つだ
けだ」
「ええ、そうなりますね。東京出入国在留管理局の船木則文の私生活は、第一期捜査で

三係の面々が徹底的に洗ったんです。船木が知人の千坂喬《ちさかたかし》という結婚相談所所長と偽装国際結婚を仕組んでた疑いは拭えなかったんですが、確証は摑めなかったんですよ。それから、不法滞在者たちに手入れの情報を売ってた疑惑もあったんですが、そちらの裏付《ウラ》けも結局、取れませんでした」

「資料にも、そう記述されてたな。被害者は経済班の知能犯係だったんだ。おれは、藤巻は偽装国際結婚ビジネスを告発する気ではなかったと睨んでる。これは単なる想像なんだが、船木は日本に不法滞在してる外国人に何か投資話を持ちかけて、出資金を詐取してたんじゃないだろうか」

「剣持さん、それ、考えられますね。被害者は投資詐欺の内偵をしてたのかもしれません。これまでの調べでは、それを証明する証言は一つも得られてませんが……」

「田宮と喜多川の身柄《ガラ》をきみに引き渡したら、おれたちチームは船木則文をマークしはじめるよ」

「わかりました。二十分前後で部下と一緒に『桜田企画』に行けると思います」

「待ってるよ。よろしく！」

剣持は通話を切り上げ、会議室に足を向けた。

第五章　背徳の構図

1

車が官庁街に入った。

千代田区霞が関である。午後一時過ぎだった。

「城戸、このあたりで待っててくれ」

剣持は部下に言った。城戸が短い返事をして、スカイラインを路肩に寄せる。

田宮と喜多川の身柄は、午前中に服部管理官に引き渡した。チームの四人は昼食を摂《と》ると、東京出入国在留管理局の局次長の身辺を調べることになった。

徳丸・雨宮班は、飯田橋にある結婚相談所『ハッピーマリッジ』を別々に訪れることになっていた。どちらも所長の千坂喬に会い、探りを入れるのが目的だった。二人とも入会希望者になりすますことになっている。

剣持は四十メートルあまり先にある喫茶店で、塩沢検察事務官と落ち合う予定だ。むろん、船木則文に関する情報を集めるためだった。

「おれひとりで検察事務官に会わないと、チームのことを覚《さと》られるかもしれないからな」

「主任は被害者《マルガイ》の奥さんに頼まれて、検事殺しのことを調べはじめてたんすよね」

「そう。だから、城戸と一緒だと都合が悪いわけだ」

「おれ、別に気分を害してなんかないっすよ」

城戸が笑顔を向けてきた。剣持は笑い返し、助手席から出た。急ぎ足で歩き、待ち合わせた喫茶店に入る。

冷房で店内は涼しかった。見る見る汗が引いていく。塩沢一輝は奥のテーブル席で、アイスコーヒーを飲んでいた。

「時間を割《さ》いていただいて、申し訳ない」

剣持は塩沢と向かい合った。すぐにウェイトレスが近づいてきた。剣持はブレンドコーヒーを注文した。ホットだった。

ウェイトレスが下がると、塩沢が口を開いた。

「電話で『東都建工』、関東誠仁会、浪友会、田宮誉、喜多川直道はシロだという心証を得たとおっしゃってましたよね」

「ええ、いずれも藤巻さんの死には絡んでないでしょう。それぞれ疑える要素はありましたが……」

「そうですか。となると、残るは東京入管の船木則文ですね」

「ええ。大崎署の捜査本部に探りを入れてみたんですが、船木が『ハッピーマリッジ』の千坂喬と組んで、偽装国際結婚ビジネスで荒稼ぎしてたことは裏付《ウラ》けが取れたようなんです」

「それは間違いありませんよ。藤巻検事とわたしが偽装結婚に協力した失業中の日本人男性三人から確かな証言を得ましたのでね。彼らは、千坂から現金で八十万円を貰《もら》ったことを認めました」

「そうだったんですか。『ハッピーマリッジ』は業績が思わしくないんで、千坂は船木とつるむ気になったんだろうな」

「ええ、そうなんでしょう。『ハッピーマリッジ』は登録会員が数年前から激減したんで、十二人いたスタッフを四人にして細々と営業してたんですよ。しかし、V字回復はできませんでした。それで、千坂所長は船木の誘いに乗らざるを得なくなったんでしょうね」

「二人は昔っからの知り合いだったんだろうか」

「つき合いがはじまったのは五年ほど前ですね。そのころ、千坂は歌舞伎町の上海クラブの美人ホステスに入れ揚げてました。東京入管の船木も、その店の常連客だったんですよ」

「そんなことで二人は顔見知りになって、後に偽装国際結婚の斡旋《あっせん》をするようになったのか」

「そうなんです。船木は情報収集と称して、中国クラブや韓国クラブに夜な夜な通ってたんですよ。白人ホステスのいる店にも、ちょくちょく顔を出してました。入管の調査費には限度があるんで、船木は偽装国際結婚ビジネスで遊興費を捻出するようになったわけです」

塩沢が言って、やや上体を反《そ》らせた。ウェイトレスが剣持のコーヒーを運んできたからだ。

剣持は塩沢に断ってから、セブンスターに火を点《つ》けた。ウェイトレスがテーブルから離れる。塩沢が少し前屈《まえかが》みになった。

「高齢な男性と形だけの結婚をした外国人女性の二人は計二百万円のほかに船木に体を

求められたことを腹立たしく思ってたようで、わたしたちの内偵に全面的に協力してくれました。船木はその二人をホテルに呼びつけて、３Ｐをしてたようです。プレイに飽きると、彼女たちにレズプレイを強《し》いたという話でしたね。どちらも異性愛者なんで、女同士で絡むのは苦痛だったと言ってました」

「船木は、ノーマルなセックスには興味を失っちゃったんだろうな」

「多分、そうなんでしょうね。おそらく船木は偽装国際結婚をした女性たちの弱みにつけ込んで、好みのタイプをホテルに呼びつけてたんでしょう」

「だろうね。東京入管の幹部職員は偽装国際結婚ビジネスだけでは多くの裏収入を得られないので、不法滞在外国人に手入れの情報を流してやって……」

「そういうダーティー・ビジネスをやってたことも確認できました。それから、船木はオーバーステイの外国人や偽装国際結婚した女性たちをカモにして投資詐欺も働いてたんです」

「やっぱり、そうだったか。経済班の藤巻さんが偽装国際結婚ビジネスだけを摘発するんではないだろうとは思ってたんですよ」

「捜査本部は、投資詐欺のことまでは調べ上げられなかったんですね？」

「そうだったみたいだな」

剣持は煙草の灰を落とし、コーヒーをブラックで啜《すす》った。

「アメリカで大量に採掘されてるシェールガスのことは、ご存じですよね？　ロシアでも盛んに採掘されていますが……」

「シェールガスのことは知っています。アメリカやロシアからシェールガスを輸入すれば、中東の高い油を買わなくても済むようになると、ひところマスコミで取り上げられてましたからね。秋田県内にも、シェールガスが埋蔵されてるそうじゃないですか」

「ええ、そうですね。船木はシェールガスの採掘権を持ってる会社に投資をすれば、必ずハイリターンを得られると嘘をついて、不法滞在してる外国人から百万円前後の金を騙し取ってたんですよ。いずれ嘘はバレるでしょうが、相手には弱みがあります」

「警察に被害届は出せないわけだ。悪質だな」

「ええ、卑劣そのものですね」

「投資詐欺の被害額は？」

「はっきりとした数字は把握できませんでしたが、推定額は五千万円にのぼると思います」

塩沢がそう言い、ストローでアイスコーヒーを吸い上げた。

「なぜ船木は金に貪欲《どんよく》なんだろうか。世話をしてる愛人でもいるんですかね」

「囲っている女性はいないようでした。奥さんは地味な印象でしたので、ブランド物の服やバッグを買い集めてるとは考えられません。大学一年のひとり息子も、ごく平凡な若者でしたね」

「それなら、家族が特に贅沢《ぜいたく》してるとは考えにくいな」

「ええ。船木はホステスのいるクラブで飲むのが好きなようだから、遊ぶ金を汚い方法で調達してるんでしょう」

「そうなんだろうね」

剣持は、短くなったセブンスターの火を灰皿の底で揉み消した。

「船木をマークしてるとき、検事とわたしは目つきの鋭い不良パキスタン人の男に襲われたことがあるんです。五月中旬のある夜のことでした」

「その話を詳しく教えてくれますか」

「わかりました。船木と千坂の斡旋で日本人男性と形だけの結婚をした大連育ちの中国人ホステスを店の外で待ってると、金属バットを手にした色の浅黒い外国人が暗がりから急に飛び出してきたんですよ」

「それが不良パキスタン人だったんですね？」

「ええ、そうです。後日、そいつはハシム・シャリフという名だとわかりました。歌舞伎町を根城にしてる不良パキスタン人グループの準幹部で、三十三歳でした。シャリフたちは首都圏で高級乗用車を盗んで同じ国の者が経営してる解体工場で部品をバラバラにして、パーツを自国、アフガニスタン、アフリカ各国に卸してるんですよ。もちろん、非合法ビジネスです」

「ハシム・シャリフは金属バットを武器にして、藤巻さんとあなたに襲いかかってきたんですね」

「ええ、そうです。わたしは少し怯《ひる》んでしまったんですが、藤巻検事は大声で不良パキスタン人を一喝《いっかつ》しました。その声で通行人が立ち止まり、近くの飲食店から従業員たちが次々に外に出てきたんです」

「シャリフって奴は、たじろいだだろうな」

「はい、怯んだようでした。いったん金属バットを振り上げたんですが、すぐに裏通りに逃げ込みました。わたしたち二人はシャリフを追ったんですが、途中で見失ってしまったんです」

「そうですか。シャリフが金属バットを持ってたことが気になるな。捜査本部事件の凶器と同じなのでね。シャリフは船木則文に雇われて、検事と塩沢さんを痛めつけようとしたと疑えるな」

「そうだったんだと思います。偽装国際結婚ビジネスもそうですが、投資詐欺罪で起訴されたら、船木の人生は終わりでしょう？」

「そうだね。『ハッピーマリッジ』の千坂所長も裏ビジネスのことを暴かれたら、有罪判決を下されるにちがいない。しかし、投資詐欺もやってる船木のほうがずっと罪は重いから、ハシム・シャリフの雇い主と考えてもいいでしょう」

「シャリフを雇ったのは、船木に間違いありませんよ。船木はシャリフにアジア系の不法滞在中の男女を見つけ出させて、投資話を持ちかけてたんです」

「その裏付《ウラ》けを取ってるのかな？」

「ええ、複数人の証言を得てます。証言者は投資話を不審に思ったそうですが、オーバーステイなので、仕方なく百万円程度の現金を船木に渡したようです。一応、預かり証はくれたらしいんですが、誰もそれを見せてはくれませんでした」

「その証言者たちの国籍と名前は？」

「二人は中国人で、ひとりはマレーシア人でした。でも、名前までは正確に記憶してません。中国人の男たちは呉《ウー》、方《ファン》という姓でしたが、下の名までは思い出せません。マレーシア人女性の名は、なんだったかな」

「無理に思い出さなくてもいいんだ。ハシム・シャリフの家《ヤサ》はわかってるんでしょ？」

「金属バットでわたしたちに襲いかかってきた日までは百人町の安アパートに住んでたんですが、その翌日から自宅にはまったく戻っていません」

塩沢が言って、コップの水を一息に飲み干した。喋《しゃべ》っているうちに、喉《のど》が渇いたのだろう。剣持もコーヒーカップを傾けた。

「捜査本部に大きな進展はないようですね」

「塩沢さんは、大崎署に電話をされたのかな？」

「磯村部長にそうしろと何度か言われたんですが、電話はかけられませんでした。第二期捜査に携わってる方々はベストを尽くされてるんでしょうから、焦《あせ》らせてはいけないと思ったんです」

「そう」

「実は藤巻検事の奥さんから電話がありました。真澄さん、いいえ、奥さんは捜査が難航しているようだと沈んだ声で……」

「そうだったのか」

「容疑者が特定されていれば、奥さんが磯村部長に連絡してくれるだろうとは思ったんですけどね」

「奥さんは事件が迷宮入りするんではないかと不安になったんでしょうね」

塩沢が言った。

「こっちは犯人《ホシ》にたどり着けないかもしれないが、捜査本部《チョウバ》の連中は必ず事件を解決してくれるでしょう」

「ハシム・シャリフの居所はわかりませんが、新宿にいる怪しげなパキスタン人に何人か当たれば、隠れ家はわかるんではないですか」

「多分ね」

「シャリフは金属バットで、検事とわたしを痛めつけようとしたんです。疑わしいですよ」

「そういう見方もできるだろうが、パキスタン人は塩沢さんたち二人を痛めつけることはできなかった。そのとき、金属バットを握ってるとこを野次馬に目撃されてるわけですよね？」

「ええ」

「それなのに、同じ凶器で藤巻さんを撲殺する気になるだろうか。そんなことをしたら、シャリフは真っ先に疑われるでしょう？」

「確かに、そうですね」

「誰かがシャリフの犯行と見せかけて、藤巻さんを殺害したのかもしれないな」

「そうも推測できますね。船木則文自身が検事を撲殺したんでしょうか？」

「狡《ずる》く立ち回ってきたと思われる船木が自分の手を直《じか》に汚す気になるだろうか」

「船木は悪事を暴かれることを恐れて、凶行に及ぶ気になったんじゃないのかな」

「そうなら、塩沢さんも命を狙われてるはずだな。船木をマークしてたのは、藤巻さんひとりじゃなかったわけですから」

「ええ。そのうち、船木はわたしも襲う気でいるのかもしれません。すぐに検事とわたしの二人を始末したら、捜査当局に船木は怪しまれるでしょう？　それで、先にまず検事を殺害する気になったんではないのかな」

「そうなんだろうか。少し気をつけたほうがいいでしょう」

「不審者の影を感じたら、すぐに人がたくさんいる場所に逃げ込みますよ。そうすれば、殺されるようなことにはならないでしょうからね」

「そうしたほうがいいな」

「剣持さん、個人的に犯人捜しをするのはもうやめられたほうがいいのではありませんか。あなたまで命を狙われるかもしれないんでね」

「こっちは、長いこと強行犯係をやってた。たとえ身に危険が迫っても、怯んだりしませんよ」

「ですけど……」

「こちらのことはご心配なく！　それよりも、塩沢さんこそ用心してください。忙しいところをありがとう」

剣持は卓上の伝票を抓《つま》み上げ、すっくと立ち上がった。

「わたしが払いますよ。コーヒー代ぐらいは、地検の捜査費で落とせますんで」

塩沢が慌てて腰を浮かせた。剣持は手を横に振って、レジに向かった。勘定を払い、先に店を出る。

「ご馳走さまでした。それじゃ、ここで失礼します」

塩沢が一礼し、職場のある方向に歩きだした。

剣持は体を反転させた。十数メートル進むと、懐で刑事用携帯電話《ポリスモード》が着信音を刻んだ。

ポリスモードを摑《つか》み出し、ディスプレイを見る。発信者は徳丸だった。

「たったいま、『ハッピーマリッジ』を出たとこなんだ。入れ違いに雨宮が千坂の会社に入っていった」

「で、所長に会えたんですか？」

「ああ。入会手続きを終えると、おれは所長室に呼ばれたんだ。言うまでもなく、入会申込書にはでたらめを書いといたよ」

「それで？」

「千坂の野郎はおれが女にモテるタイプじゃないと見たらしく、中国人ホステスとの国際結婚をしきりに勧めやがった。相手の顔写真を見せてくれて、すぐに別れてもいいから入籍してやってくれないかと打診してきやがった」

「謝礼のことは？」

「写真の女と結婚してくれたら、八十万のお礼をすると小声で言ったよ。千坂が偽装国際結婚ビジネスに精を出してるのは間違いないな」

「徳《トク》丸さんはどう応じたんです？」

「どうせなら、白人の女と結婚したいと言ったら、千坂はルーマニア人とウクライナ人ホステスの顔写真《ガンクビ》を取り出したんだ。どっちも女優みてえに綺麗だったな。バストも豊かだったよ。二人とも長く日本にいられないから、早く結婚してやってくれと急《せ》かしやがった」

「その後、どうしたんです？」

剣持は畳みかけた。

「迷った振りをしてると、千坂は五人の外国人女性と結婚と離婚を繰り返してくれたら、五百万の謝礼を払うと言ったんだ」

「そうですか。東京入管の船木とつるんでるかどうかは探れました？」

「残念ながら、そこまでは探れなかったよ。けど、東京入管に知り合いがいるから、結婚相手は何十人も紹介できるなんて言ってたな。そのことで、船木と繋がってると考えるのは早計かもしれねえが……」

「いや、早計じゃないでしょう。捜査本部の資料からも、船木と千坂の結びつきはありそうだったんでね」

「そうだな。雨宮は結婚相手を探す振りをすると言ってたが、もう『ハッピーマリッジ』はまともな斡旋はしてない感じだったよ。登録されてるのは、外国人の女ばかりだったからな。偽装国際結婚ビジネスしかやってねえんだろう」

「そうなんでしょうね」

「剣持ちゃんは、塩沢から何か手がかりを得られたのか？」

徳丸が訊《たず》ねた。剣持は、塩沢から聞いた話をかいつまんで喋った。

「ハシム・シャリフの潜伏先がわかりゃ、今回の事件《ヤマ》に船木則文が関わってるかどうかはっきりするな」

「そうですね。おれたち二人は、これから東京入管に回ります。雨宮が『ハッピーマリッジ』から出てきたら、徳《トク》丸さんたちはシャリフの行方を追ってくれませんか」

「そうすらあ」

徳丸が電話を切った。

剣持はポリスモードを懐に戻し、スカイラインに駆け寄った。

2

気になる外国人が群れはじめた。

港区港南《こうなん》にある東京出入国在留管理局の斜め前の路上だ。全員、アジア人だった。

剣持は目で人数を数えた。

十一人だった。女が七人で、男が四人だ。一様《いちよう》に色の濃いサングラスで目許を隠している。なんとも異様な光景だ。たむろしている謎の集団は東京出入国在留管理局の表玄関に視線を向けながら、何か囁《ささや》き合っていた。

午後四時半過ぎだった。

スカイラインに乗った相棒は、船木の勤め先の職員通用口の近くで張り込み中だ。いわゆる外張りだったたった。近くの雑居ビルかマンションの一室で捜査対象者の動きを探る内張りのほうが望ましい。そうしたほうが張り込みに気づかれないからだ。

しかし、あいにく近くに空室はなかった。城戸は数十分置きに、スカイラインを少しずつ移動させているだろう。

船木が職場にいることは、偽電話で確認済みだった。また、局次長の顔写真はチームの四人が今朝《けさ》のうちに目を通していた。二階堂理事官が本庁運転免許本部経由で、複写写真を取り寄せてくれたのだ。

剣持は午後五時に城戸とポジションを替えることになっていた。

表は暑い。早くスカイラインの中で涼みたかったが、そうもいかない。剣持はハンカチで額と首の汗を拭った。

湿ったハンカチをヒップポケットに突っ込んだとき、梨乃から電話がかかってきた。

「見かけるパキスタン人男性に片っ端から声をかけてみたんですけど、ハシム・シャリフの居所はわかりませんでした。百人町のアパートにも行ってみたんですよ。だけど、シャリフがどこにいるか知ってる者はいませんでした」

「そうか」

「主任、わたしたちは『ハッピーマリッジ』に戻って、所長の千坂を揺さぶったほうがいいんじゃないでしょうか？」

「徳丸《トク》さんも、そう言ってるのかな」

「ええ。千坂が船木に紹介してもらった外国人女性を日本人の男性と偽装結婚させてることは間違いありませんよ。わたしが『ハッピーマリッジ』を訪れたら、いまは日本人同士の結婚は斡旋してないんだと千坂ははっきりと言ってました。偽装国際結婚ビジネスのことで逮捕もできると身分を明かせば、千坂は観念するんじゃないですかね」

「そして、船木が不法滞在外国人たちを投資詐欺のカモにしてることを吐く？」

「ええ、多分。さらに藤巻殺しにも絡んでることも喋りそうな気がします」

「おれは、そうは思わないな。千坂はかなり強《したた》かな男なんだろう。偽装国際結婚ビジネスの共犯者がほかの悪事に手を染めてることを知ってても、ばっくれるんじゃないか」

「そうでしょうか。引きつづきハシム・シャリフの行方を追ったほうがいいんでしょうね？」

「そうしてくれないか」

「了解です。そちらに何か動きはありました？」

「特にないんだ。船木は職場から一歩も出てこないんだよ」

「張り込みに気づかれたんでしょうか？」

「いや、まだ覚られてはいないだろう。それはそれとして、東京出入国在留管理局の斜め前にアジア系の男女が十一人集まってる。オーバーステイしてる連中がまとまって出頭するのかと思ったんだが、どうも様子が違うんだ」

　剣持は言った。

「どう違うんです？」

「揃って濃いサングラスをかけてるんだよ。出頭する気で東京入管の前に集まったんなら、別に職員たちに顔を見られてもいいわけだろう？」

「ですよね。主任、その人たちは投資詐欺に引っかかった不法滞在者なんではありませんか。それだから、東京入管の職員たちに顔を見られたくなくて、色の濃いサングラスで目許を隠してるんでしょう」

「雨宮、冴《さ》えてるじゃないか。そうなのかもしれないぞ。通行人を装って、彼らに話しかけてみるよ。連中は騙し取られた金を返せと船木に迫る気で、待ち伏せてるんだろう」

「お金を返してもらえないとわかったら、船木則文に集団リンチを加えるつもりなのかしら？」

「それ、考えられるな」

「徳丸《トク》さんとわたしは、もう少しシャリフに関する情報を集めてみます」

　梨乃が通話を切り上げた。

剣持は通話終了ボタンを押した。そのすぐ後、上着の内ポケットで私物のスマートフォンが振動した。マナーモードにしてあったのだ。

剣持は手早くポリスモードを懐に戻し、私物のスマートフォンを摑み出した。電話をかけてきたのは藤巻真澄だった。

「勝手なことを申しますけど、個人的な捜査を中止していただきたいんです」

「捜査本部のメンバーには、こっちが密かに動いてることは覚られてないと思いますが……」

「ええ、そうでしょうね。わたし、よく考えてみたんです。総務部企画課にいらっしゃる剣持さんがわたしの依頼で夫の事件のことを調べ回ってることが上層部の方に知れたら、あなたは何かと不利になるかもしれません。下手したら、しばらく休職させられて減俸されるでしょう」

「そういうことにはならないと思いますよ」

剣持は、危うく総務部企画課に籍を置いているのはカムフラージュの人事異動であることを口走りかけた。ぐっと言葉を呑《の》む。

「もし何かペナルティーを科せられたら、わたし、償《つぐな》うことができません。勝手なことばかり言いますけど、もう隠れ捜査は打ち切ってほしいんです。剣持さんに迷惑をかけたくないんですよ。別所先輩がせっかく労を取ってくれたのに、本当に申し訳ありません。お二人には何らかの形でお詫びと謝意を表させていただきます」

「そんな必要はありません。あなたがそうおっしゃるなら、もう手を引きましょう」

「そうしていただけますか。事件が解決しましたら、改めて連絡させていただきます。では、失礼します」

真澄の声が途絶えた。

剣持は突然の申し出を受け入れたが、何か釈然としなかった。検察事務官の塩沢も、真澄と同じようなことを言った。単なる偶然なのだろうか。

塩沢と藤巻真澄は、こちらに迷惑が及ぶことを避けたがっている様子だった。二人が、同じ日に隠れ捜査を中止させたがったことにどうも引っかかる。

それだけではなかった。塩沢は仕えていた藤巻の妻を姓ではなく、〝真澄さん〟と言って〝奥さん〟と言い直したことがあった。検察事務官は、しばしば被害者宅を訪れていたという。

塩沢と真澄は二つ違いだ。親しく接していたようだから、未亡人を〝真澄さん〟と呼んでもおかしくはないのかもしれない。だが、普通は〝奥さん〟という呼称を用いるのではないだろうか。

塩沢が被害者の妻をつい〝真澄さん〟と言ったのは、下の名で呼ぶことが多かったからではないのか。穿《うが》った見方かもしれないが、そう思えてくる。

剣持は別所未咲のスマートフォンを鳴らした。

少し待つと、電話が繋がった。

「ちょうど直樹さんに電話をしようと思ってたところなの。真澄から連絡があって、話は聞いたわ。びっくりしたでしょ?」

「少しね。一日も早く夫を成仏させたいと言ってた藤巻真澄さんの心境の変化がよくわからないんだ」

「真澄は、少し冷静さを取り戻したんでしょうね。それで、あなたに個人的にご主人の事件の真相を解明してもらうのは常識外れだと気づいたじゃないのかな。さらに、直樹さんの立場がまずくなってはいけないと考えたんだと思うわ」

「そうなんだろうか。未咲、藤巻夫妻は円満だったの?」

「子宝には恵まれなかったけど、夫婦仲はよかったわよ。ご主人は正義感が強く、とっても理性的な方だったから。といっても、頭でっかちではなかったわ。スポーツ万能だったし、ダンディーでもあったわね。イケメンだったから、自慢のご主人だったんじゃないかな」

「殺された検事は、奥さんを大事にしてたんだろうか」

「優しかったし、休日にはよくドライブに行ってたようよ。外食することも多かったみたい。ただ、真澄が髪型を変えたり、口紅の色を変えても……」

「旦那は気づかなかった？」

「ええ、そうらしいのよ。新婚カップルじゃないんだから、仕方ないんだと真澄は自分に言い聞かせてたけど、ちょっぴり寂しそうだったわ」

「女としては、そうだろうな。夫婦が派手に喧嘩したことはないんだろうか」

「一度だけあるみたいよ。二年前、結婚記念日に三つ星レストランを予約してたらしいんだけど、藤巻さんは大事な公判の準備があって、その日の午後三時過ぎに予約をキャンセルしてほしいと急に電話してきたんだって」

「そのことが原因で、夫婦喧嘩に発展したのか。女性にとって、結婚記念日は大きなイベントなんだろうから、奥さんはがっかりしたんだろうな」

「そうだろうね。藤巻さんは帰宅すると、すぐ謝罪したそうよ。でも、謝まり方が軽いと感じたんで、真澄は急いで仕度した夕食をシンクにぶちまけて、その夜から何カ月か客間で寝《やす》むようになったらしいの」

「そんなことで、こじれちゃったのか」

「ええ、そうみたい。でも、そのうち自然と仲直りしたそうよ。倦怠期《けんたいき》に入ってれば、どの夫婦も似たようなことがあるんじゃない？」

「だろうな。しかし、藤巻検事は硬骨漢で仕事熱心だったようだから、奥さんの存在をつい忘れてしまうこともあったんじゃないのか。そうだったとしたら、妻に浮気心が芽生えたとしても不思議じゃないな」

「真澄はご主人にぞっこんで、逆プロポーズして結婚したのよ。不倫に走るなんて考えられないわ」

「しかし、人の心は不変じゃない」

「そうだけど、彼女に限って……」

「実は、塩沢検察事務官もおれに個人的な捜査はやめたほうがいいと忠告したんだよ」

剣持は、釈然としない事柄について細かく喋った。

「塩沢さんが〝真澄さん〟と口にして〝奥さん〟と言い直したからといって、二人が親密な関係ではないかと疑うのは考えすぎじゃないかな。検察事務官が真澄の家にちょくちょく出入りしてたなら、下の名を呼び馴《な》れてたんだと思うわ。ただ、それだけのことなんじゃない？」

「こっちの邪推なんだろうか」

「真澄が大学の後輩だから、別に彼女を庇《かば》うわけじゃないの。真澄は、死んだご主人を裏切るようなことはしてないと信じたいわ」

「つまらないことを言いだして、悪かったな」

「ううん、気にしないで。わたしのほうこそ、直樹さんに迷惑をかけちゃったわね。それはそうと、犯人は突きとめられそうなの？」

「被害者が内偵してた三つの事案のうち、二つの関係者はシロだという心証を得たんだ。最後の捜査対象者に張りつきはじめたんだが、その人物がクロかどうかはまだわからない」

「そう。捜査本部が三つの事案に関わってる人たちをすべて洗ってたとしたら、加害者は捜査圏外にいる可能性もあるんじゃないかしら？」

「そうだな。被害者の妻に隠れ捜査を打ち切ってくれと言われたんだが、おれは調べを続行するよ。現場捜査から外されたが、まだ刑事魂は失ってないからな」

「気が済むようにしたほうがいいわ。わたしに手伝えることがあったら、いつでも言ってほしいの。それじゃ、また！」

未咲が電話を切った。

剣持はスマートフォンを懐に突っ込み、腕時計を見た。あと四分で、五時になる。

城戸に声をかけて群れているアジア系外国人たちから投資詐欺に遭《あ》ったという証言を集めれば、船木を追及しやすくなるだろう。

剣持はそう判断し、上着の右ポケットに手を突っ込んだ。指先が捜査用携帯電話《ポリスモード》に触れたとき、サングラスをかけた男女が焦った様子で四方に散った。

東京出入国在留管理局の建物から七、八人の男性職員が走り出てきた。船木が部下たちに十一人の不法滞在者たちを検挙させる気になったのだろう。

職員たちが大声で身分を告げ、逃げ惑う男女を追いはじめた。すぐに二人の女性が身柄を確保され、母国語で何か訴えだした。

十一人がすべて捕まったら、投資詐欺の被害者の証言を得られなくなってしまう。剣持は、自分のいる方に走ってくるサングラスの女の行く手に立ちはだかった。

小麦色の肌をした女が全身を強張《こわば》らせ、サングラスを外した。顔立ちから察して、タイ人と思われる。

「わたし、オーバーステイしてない。でも、いまはパスポート持ってないの。部屋にあるね」

女が癖のある日本語で言った。

「おれは東京入管の職員じゃないんだ」

「あなた、誰？」

「身分は明かせないが、きみの味方だよ」

「それ、どういう意味ですか？　わたし、わからない」

「きみを逃がしてやろう。一緒に来るんだ」

剣持は相手の片腕を摑んで、すぐ走りはじめた。女が釣られる形で駆け足になった。

二人はスカイラインまで走り通した。剣持は女を先に後部座席に乗せ、その横に坐った。

「主任、その彼女は誰っすか？」

「説明は後だ。城戸、車を出してくれ。東京入管から遠ざかってから、どこか裏通りで停めてくれないか」

「了解！」

城戸がスカイラインを急発進させ、ＪＲ田町駅方面に向かった。

「おれたちは、ある捜査機関の者だ。しかし、きみを逮捕したりしないよ」

剣持は、二十五、六歳の外国人女性に言った。

「わたし、考えがまとまらない。なぜ、わたしを逃がしてくれるの？　この車に乗せた理由は何？　わたし、そういうことを知りたい。教えてください。わたし、タイ人です。

ノイという名前ね」

「名乗れないんだが、きみは安心してもいい。たとえオーバーステイしてても、警察や東京入管に突き出したりしないと約束するよ」

「それ、本当の話ですか？　わたし、日本人、信用できなくなりました」

「辛《つら》い体験をしたようだな。きみは、日本でホステスをしてるの？」

「六年前に日本に来て二年間は、錦糸町《きんしちょう》のタイクラブでホステスしてました。でも、いまは従姉《いとこ》と一緒に上野でタイ料理の店を経営してるね」

「立派なものじゃないか。商売はうまくいってるのかな？」

「はい、いい調子よ。えーと、日本語では順調と言うんでしたっけ？」

「そう。東京入管の前の路上に集まってたのは、船木の投資話で騙された不法滞在者なんじゃないのか？」

「ノーコメントじゃ、いけない？」

ノイが困惑顔で訊いた。

「おれたちはオーバーステイのことで、本当にきみを強制送還なんかしないよ。具体的なことは話せないが、東京入管の幹部職員の犯罪を調べてるんだ」

「そうなの」

「だから、安心していいんだよ」

剣持はノイに笑いかけた。ノイが安堵《あんど》した表情になる。

城戸が車を裏通りに乗り入れ、数十メートル先で路肩に寄せた。

「きみを含めて十一人は全員、オーバーステイなんだろう？」

「は、はい。みんな、日本でたくさんお金を稼ぎたいね。偽造パスポートで入国したことがわかれば、わたしたち、自分の国に戻される。それ、困ります。だから、入管の人たちに捕まりたくないね」

「その気持ちはわかるよ。きみら十一人は不法滞在のことで船木則文に脅迫されて、シエールガス採掘ビジネスに投資をさせられたんじゃないのか？」

「そう、そうなの。みんなは船木に逆らえなかったんで、百万とか百二十万を渡すほかなかったね。預かり証はくれたけど、一度も配当金は払ってくれなかった」

「計画的な詐欺なんだろう」

「わたしたちの多くは、追加の投資をさせられたの。一番たくさんお金を出した中国人男性は三百二十万円、わたしも二百万騙し取られた」

「被害者は十一人だけじゃないんだね？」

「正確な数はわかりません。でも、もっと大勢いるはず。みんな、入管の人に捕まりたくないと考えてる。それだから、我慢してるね。そういうことを日本語で、なんと言いましたか？」

「泣き寝入りだよ」

「あっ、それです。でも、わたしたち十一人は勇気を出して、船木にお金を返せと言うつもりで表で待ってたんです」

「オーバーステイで検挙される恐れがあったんで、全員、色の濃いサングラスをかけてたんだな」

「そう。わたしたち、防犯カメラに映ってるはずね。だから、目のあたりを隠さないと、どこの誰かわかっちゃう。わたしたち、それが怖かったんです」

「不法滞在外国人をカモにして悪質な投資詐欺をやってた船木を東京地検特捜部の藤巻という検事がマークしてたと思うんだが、そのことは？」

「わかりません。わたし、わからないね」

「そうか」

「わたし、どうなる？　それ、とても気になります」

「東京入管の前に戻ったら、身柄を拘束されるだろう。上野の自分の店に戻ったほうがいいな」

「それで、いいんですか。わたし、誰にも捕まらない?」

「きょうのところはね。田町駅まで車で送ってやろう」

剣持はノイに言って、城戸の背中をつついた。

城戸がスカイラインを走らせはじめる。わずか数分で、車は目的地に着いた。ノイが礼を言って、スカイラインを降りた。

剣持は助手席に移り、城戸に告げた。

「強請屋《ゆすりや》に化けて、船木をどこかに誘《おび》き出すぞ。公衆電話ボックスが見つかるまで車を走らせてくれないか。ポリスモードや私物のスマホを使うわけにはいかないからな」

「そうっすね」

城戸がスカイラインを走らせはじめた。

公衆電話の数が年々少なくなっているせいか、なかなか見つからない。電話ボックスは田町駅から少し離れた場所にあった。城戸がボックスの脇に車を停めた。

剣持はスカイラインを降り、テレフォンボックスの扉を開けた。蒸された温気《うんき》が全身にまとわりついてくる。猛烈に暑い。

剣持は換気してから、ボックスの中に入った。

口にハンカチを含み、東京出入国在留管理局の代表番号に電話をかける。局次長の身内に化け、電話を船木に回してもらった。

「船木だが……」

「あんた、悪党だな。『ハッピーマリッジ』の千坂と共謀して、偽装国際結婚ビジネスで荒稼ぎしてる。それだけじゃない。日本人の男と形だけ夫婦になった外国人女性たちの肉体を弄《もてあそ》んでるよなっ」

「きさま、何者なんだ⁉　因縁《いんねん》をつけても一銭にもならないぞ。ばかな奴だ」

「おれをせせら笑えるのかな。あんたは不法滞在してる外国人の弱みにつけ込んで、ありもしない投資話を餌《えさ》にして出資者の金を詐取してる。あくどいことをやりやがる」

「でたらめを言うなっ」

「あんた、脇が甘いぜ。東京地検特捜部の藤巻検事が投資詐欺の立件材料を押さえてあるんだよ」

「………」

「急に日本語を忘れちまったか」

「その話は事実なのか？」

船木の声は掠《かす》れていた。

「ああ。けど、このおれが証拠物件の類《たぐい》をそっくりくすねた。正確には、協力者が証拠品をかっぱらったんだけどな。立件材料がなけりゃ、特捜部はあんたを起訴できない」

「強請屋なんだな、おたくは？」

「そんなとこだ。立件材料を買い取る気があるんだったら、いまから大急ぎで現金二千万を用意するんだな。証拠物件の一部を引き換えに渡してやるよ。残りの三千万円は一週間後に受け取る。そのとき、致命的な立件材料をくれてやろう」

「五千万円出せだと!?　高すぎるよ」

「そう思うんだったら、裏取引はなしだ。おれは、いま金に不自由してねえんだ。たまには罪滅ぼしをするか」

「わたしを警察に売る気なのか!?」

「そうなるだろうな」

「わ、わかったよ。おたくの希望額で買い取る。どこに行けばいいんだ？　時間と場所を指定してくれ」

「千葉県南房総《みなみぼうそう》市の野島崎《のじまざき》の突端に午後九時に金を持って来い。妙なお供と一緒だったら、そっちは破滅することになるぞ」

「ひとりで行くよ」

「タクシーに乗って海辺まで来るんだ。いいな！」

剣持は受話器をフックに掛け、口からハンカチを抓み出した。

3

海風が強い。

剣持は海を背にして立っていた。背後は荒磯だった。野島崎の突端だ。

間もなく午後九時になる。左手の暗がりには、城戸が身を潜めていた。徳丸と梨乃は、右手斜め前の繁みの中にいる。メンバーの四人は揃って武装していた。

海岸道路の彼方《かなた》に小さな光輪が見えた。

車のヘッドライトだ。船木を乗せたタクシーだろう。剣持はセブンスターをくわえて火を点けた。三人の部下たちに船木が来たことを教える合図だった。

煙草を半分ほど喫《す》いつけたとき、タクシーがほぼ正面に停まった。三十メートルほど先だった。

剣持は喫いさしの煙草を足許に落とし、靴底で火を踏み消した。火の粉が散る。

また闇が濃くなった。タクシーが走り去った。黒い人影が海岸道路に見える。剣持はライターに火を点け、高く翳《かざ》した。

人影が少しずつ近づいてくる。剣持はライターを上着のポケットに戻した。

「船木だ。金は持ってきた」

「こっちに来るんだ」

「わかったよ」

船木が答え、歩度《ほど》を速めた。右手に提《さ》げた黒っぽいスポーツバッグが重そうだ。中身は札束だろう。

剣持は動かなかった。

待つほどもなく船木が足を止めた。屈んでスポーツバッグのファスナーを開け、小型懐中電灯を点ける。

「ちゃんと二千万円を持ってきたよ。こっちに来て検《あらた》めてくれ」

「気が変わったんだ」

「えっ!?」

「金は欲しくなくなったって意味だよ」

剣持は船木との距離を縮めた。光を当てられたスポーツバッグの中には、札束が折り重なっていた。

「話が違うじゃないか!」

船木が立ち上がった。

「おれもろくでなしだが、あんたは薄汚すぎる。そんな野郎から銭を巻き揚げたら、おれまで小悪党になっちまう。そうなりたくねえんだよ」

「いまさら何を言ってるんだっ。善人ぶることはないじゃないか。残りの三千万円もちゃんと払うから、裏取引をしようじゃないか」

「同じことを何度も言わせるな。気が変わったと言っただろうが！　あんたが『ハッピーマリッジ』の千坂とつるんで偽装国際結婚で荒稼ぎしてたことには、ま、目をつぶれる。被害者のいない犯罪だからな」

「何が言いたいんだ？」

「黙って聞け！　不法滞在の外国人の弱みにつけ込んで、シェールガスの採掘ビジネスを餌にした投資詐欺は悪質すぎる。それから、あんたには別の疑惑もあるよな」

「別の疑惑だって!?　いったい何のことなんだっ」

「東京地検特捜部の藤巻検事は、あんたの裏ビジネスを告発する気で内偵捜査を重ねてた。そのことに気づかないわけはないよな？」

「それは……」

「どうなんだっ」

　剣持はショルダーホルスターから、グロック32を引き抜いた。船木が懐中電灯で、剣持の手許を照らした。

「そ、それはモデルガンなんかじゃないな」

「真正《しんせい》拳銃さ」

　剣持は言って、スライドを滑らせた。

「おたくは、ただの強請屋なんかじゃないな。いったい何者なんだ？」

「私刑執行人だよ」

「ちゃんと答えろ！」

「こっちの身許調査よりも、自分の命のことを考えるんだな。おれの質問に答えなかったら、即座に引き金《トリガー》を絞るぞ」

「その検事と検察事務官の二人が、わたしの身辺をうろついてたことには気づいてたよ」

「数々の悪事を暴かれたくなかったんで、パキスタン人のハシム・シャリフに金属バットで目障《めざわ》りな者を痛めつけさせようとしたんだろう？　塩沢という検察事務官は金属バットを持った不良パキスタン人に襲われかけたと証言してる。藤巻検事は七月五日の夜、大崎署管内で何者かに金属バットで撲殺された。あんたがシャリフに検事を殺《や》らせたと推測できる。シャリフに殺害動機はないからな」

「捜査本部の連中も、わたしが検事殺しに関わってると疑ったようだが、それは見当外れだな。わたしは、シャリフに人殺しなんか絶対に頼んでない。それから、検察事務官の言ったことはでたらめだろう」

「でたらめ？」

「シャリフは、子供のころから野球が大好きだったらしいんだ。いまでも熱烈的な野球ファンなんだよ。シャリフは日本の全球団の一軍選手名をすべて知ってる。それほど野球好きなんだよ。そんな男が金属バットを凶器にするなんて考えられない」

「塩沢検察事務官が嘘をついたと思ってるわけか」

「そうとしか考えられないな。シャリフに投資に応じそうな不法滞在者たちを脅させたことは認めるが、東京地検特捜部の藤巻検事を始末してくれと依頼したことはない。本当なんだ」

「どうだかな」

「嘘じゃないって。わたしを信じてくれ」

船木が右手を前に突き出して、後ずさりはじめた。

剣持は的《まと》を外して一発、威嚇射撃した。目の届く所に民家は一軒もなかった。波の砕ける音も高い。銃声は住民たちやドライバーにも聞こえなかっただろう。

「撃たないでくれーっ」

船木が全身を震わせながら、膝から崩れた。演技をしているようには見えなかった。

「七月五日の夜、ハシム・シャリフはどこにいた？」

剣持は船木に問いかけた。

「その日、シャリフは前橋の産廃会社で働いてる幼馴染みに会いに行って、向こうで泊まったはずだよ」

「その幼馴染みの名前は？」

「そこまでは知らないが、シャリフは事件当夜は群馬県にいたんだろう」

「シャリフは百人町の塒《ねぐら》にいない。あんたがシャリフを匿《かくま》ってるんじゃないのかっ」

「いや、匿ってない。あいつがどこにいるのか、わたしも知らないんだよ」

船木が震え声で答えた。剣持は安全装置を掛けてから、グロック32をホルスターに戻した。

ちょうどそのとき、磯でかすかな物音がした。

足音だった。剣持は振り向いた。水中銃《スピアガン》を持った男が中腰で迫ってくる。日本人とは顔立ちが違う。色黒で、彫りが深い。

剣持は目を凝らした。

ハシム・シャリフだった。パキスタン人が立ち止まった。次の瞬間、長い銛《もり》が放たれた。紐《ひも》は付いていなかった。

剣持は横に跳んで、身を躱《かわ》した。銛は後方に落ちた。

シャリフが母国語で何か叫び、腰からシーナイフを引き抜いた。刃渡りは十六、七センチだった。剣持は、ふたたびグロック32を握った。セーフティーロックを外し、銃口をシャリフに向ける。

「おまえ、船木に殺人《コロシ》を頼まれなかったか？」

「船木さん、嘘言ってない。喋ったこと、本当ね。わたし、金属バットで誰も傷つけてないよ」

「七月五日は、本当に東京にいなかったのか？」

「前橋にいたよ、わたし。子供のときからの友達の寮に泊まった。それ、嘘じゃない」

「そうか」

「おまえ、悪い男ね。わたし、船木さんにいろいろよくしてもらった。だから、船木さんの味方する」

「磯に隠れて、おれをぶちのめすつもりだったんだな？」

「そうね。ハンドガンなんか怖くない。頭と心臓撃たれなければ、死なないことのほうが多いね。ハンドガン捨てないと、わたし、おまえの喉《のど》搔《か》っ切る」

シャリフがシーナイフを構え直した。

その直後、背後で人が揉み合う音がした。剣持は頭を巡らせた。城戸が船木を取り押さえていた。徳丸と梨乃が繁みから飛び出してきた。シャリフがうろたえる。

「おまえ、ひとりじゃなかったのか⁉」

「おれたちは警視庁の者だ。シーナイフを捨てないと、痛い目に遭《あ》うぞ」

剣持は告げた。

シャリフが刃物を握ったまま、身を翻す。磯伝いに逃げる気になったようだ。

剣持は海に向けて発砲した。

それでも、シャリフは怯《ひる》まなかった。剣持は地を蹴った。グロック32を手にしたまま、疾駆《しっく》してシャリフの腰に飛び蹴りを見舞う。

シャリフが前のめりに倒れた。弾みでシーナイフが宙を泳ぎ、岩と岩の間に落ちた。

剣持は膝でシャリフを強く押さえ、銃口を後頭部に密着させた。

「暴れると、暴発するかもしれないぞ」

「早くセーフティーロック掛けてほしいね」

「さっきの威勢はどうした？」

「暴発、わたし、怖いよ」

シャリフが戦《おのの》きはじめた。

梨乃が駆け寄ってきた。

「主任、お怪我は？」

「無傷だ。後ろ手錠を打ってくれ」

剣持は部下に命じ、ゆっくりと立ち上がった。梨乃が手早くシャリフに手錠を掛けた。

剣持はグロック32に安全装置を掛け、ホルスターに収めた。

「投資詐欺のカモにした不法滞在者のことを正直に喋らないと、何日も東京拘置所に移送してもらえないぞ」

「難しい日本語、わからないよ。ウルドゥー語で言い直してほしいね」

「ふざけるな」

「わたし、ふざけてないよ」

シャリフが言い返した。剣持は無言でシャリフの脇腹を蹴った。シャリフが四肢を縮め、動物じみた唸り声をあげた。

「主任、何かしました？」

梨乃がにやついた。

「いや、何もしてない」

「そうですよね。わたしには何も見えませんでしたから」

「シャリフはもがいてるうちに、どこか筋を違えたようだな」

「そうみたいね。船木もシロと考えてもいいんでしょう。振り出しに戻ってしまいましたね」

「そうなんだが、いたずらに回り道をしただけじゃないだろう」

「主任には、真犯人《ホンボシ》が透けて見えてるんですか？」

「確信はないんだが、塩沢が嘘の証言をしたことが事実なら、事件を解く緒《いとぐち》は見つかりそうだな」

「金属バットを持ったハシム・シャリフに襲われそうになったという証言のことですね？」

「そうだ」

「わたし、そんなことしてない！　本当に本当よ」

シャリフが、剣持の語尾に言葉を被せた。妙な疑いを持たれたことがよほど腹立たしかったのだろう。

「その話は後にしよう。雨宮、服部管理官に連絡して、船木とシャリフの身柄《ガラ》を引き取りに来てもらってくれ」

「わかりました」

梨乃が少し離れ、自分のポリスモードを取り出した。

「剣持ちゃん、例の三事案絡みの連中はどいつもシロだな。城戸が船木に手錠《ワッパ》を打ってから、東京入管の局次長を改めて追及してみたんだよ。その結果、船木もハシム・シャリフも本部事件に関わってねえという確信を深めたんだ」

徳丸が言った。

「熱血検事の敵は、意外にも身近にいたんでしょう」

「そっちの頭の中には、検察事務官の塩沢一輝の面《つら》が浮かんでるんじゃねえの？」

「ビンゴです。塩沢は、おれに金属バットを持ったシャリフに襲われそうになったと言いました。しかし、それはミスリードのための作り話だったんでしょう」

剣持は自分の推測を語った。

「おれも、そう感じたよ。そんな偽証をしたのは、本部事件の首謀者が船木だと思わせたかったからなんだろうな」

「そうなんでしょう。しかし、船木とシャリフの供述から塩沢の証言が事実と喰い違ってると思えてきました」

「塩沢は三つ違いのエース検事に仕えてる自分が妙にちっぽけに思えて、いたずらにコンプレックスを肥大させ、やがて藤巻修平を妬《ねた》ましく感じるようになったんじゃねえのか。男同士の嫉妬は、凄まじいって話だからさ。おれ自身は、どんな成功者も羨《うらや》ましいと感じたことはないけどな」

「妬みが凶悪犯罪の引き金になったケースはありますが、塩沢は藤巻修平を殺したりはしないでしょ？」

「塩沢は実行犯ではないってことだな」

徳丸が確かめた。

「ええ、そうです。ただ、塩沢は被害者に仕えながら、ある種の敵意と嫌悪感を覚えてたんじゃないだろうか」

「剣持ちゃん、塩沢は藤巻の女房に横恋慕《よこれんぼ》してたんじゃねえの？　おっと、横恋慕なんて言葉は死語になりかけてるな。要するに、検察事務官は美しい人妻に惚れてた。けど、手の届く女じゃない。屈折した感情が膨らんで、藤巻を窮地に追い込みたくなった。で、相棒の検事の失脚を願ってる人物に加担したのかもね」

「そのあたりのことはまだ推測の域を出てないんですが、塩沢一輝と藤巻真澄は不倫の関係なんでしょう」

「なぜ、そう思ったんだい？」

「塩沢一輝はおれと喋ってるとき、被害者の妻のことを最初は〝真澄さん〟と言って、すぐに〝奥さん〟と言い直したんですよ。塩沢は検事宅にちょくちょく出入りしてたとはいえ、だいぶ親密な間柄じゃなければ、下の名ではまず呼ばないでしょ？」

「言われてみれば、そうだろうな。藤巻の女房のほうは、塩沢のことをどう見てたのかね？」

「断定的なことは言えませんが、藤巻真澄は塩沢を気になる男と見てたんでしょう。彼女は、仕事を最優先させてた被害者に不満を感じてたようですから」

「その話、真澄の大学の先輩である美人弁護士から聞いたようだな。そうなんだろ？」

「ええ、まあ」

「女房がそんなふうに旦那に不満を持ってたんなら、上手に口説く男になびいちまいそうだな。ただ、藤巻真澄は夫殺しに塩沢が間接的ではあっても加担してると知ったら、さすがに気持ちが冷めるんじゃねえのか？」

「夫よりも不倫相手に強く惹《ひ》かれてたら、むしろ逆の心理作用が働くでしょう。旦那よりも、浮気相手を庇ってやりたくなるんじゃないだろうか」

「そうかもしれねえな。剣持ちゃん、ちょっといいか。藤巻真澄は美人弁護士を介して、そっちに個人的に夫殺しの犯人を捜してくれないかと言ってきたんだよな？」

「ええ、そうです。納骨までに故人を成仏させたいと……」

「だったら、真澄は不倫相手よりも旦那を想ってたということになるだろう？」

「徳《トク》丸さん、被害者の妻は周囲の者たちにそう印象づけたかっただけなのかもしれませんよ」

　剣持は言った。

「なんでそうする必要があるんだ？　それがわからねえな」

「故人の妻が塩沢と不倫関係にあるなら、自分は夫殺しにはなんの関わりもないと捜査当局に思わせたかったんでしょう。いや、それだけじゃないか。不倫相手も事件にはタッチしてないことを警察関係者に強調したかったんでしょうね。もっと意地の悪い見方をすれば、塩沢のミスリード工作がスムーズに運ぶよう協力したのかもしれません」

「さすがだな、剣持ちゃんは。元スリ係のおれは、そこまで読めなかったよ。まだ殺人事案の捜査では、おれは駆け出しだな」

　徳丸が、きまり悪げに笑った。

　そのとき、梨乃が大声を発した。

「主任、要請しました。服部管理官は部下たちを従えて、できるだけ早くこちらに来るそうです」

「そうか。それじゃ、それまで待とう」

剣持は口を閉じた。

十数秒後、城戸が威嚇するような声で誰何《すいか》して繁みの中に分け入った。何か異変があったらしい。

「雨宮はシャリフを見張っててくれ」

剣持は梨乃に指示を与えて、勢いよく走りだした。徳丸が追ってくる。

「おれは船木を見張るから、剣持ちゃんは城戸を助《ス》けてやれよ」

「そうします」

剣持は全速力で走り、灌木《かんぼく》が密生している場所に足を踏み入れた。

城戸が不審な男を投げ飛ばし、後ろ襟《えり》をむんずと掴んだ。そのまま繁みから出てくる。

城戸が道路に引きずり出した男の顔面に小型懐中電灯の光を向けて、ポケットを探りはじめた。怪しい男は五十年配だった。

「あんた、何者なんだ？」

「調査会社の者で、星滋《ほししげる》という名です。依頼人にあなた方の行動を確認して報告してほしいと頼まれたんですが、別に何も悪いことはしてません」

「依頼人の名は？」

剣持は訊いた。

「それだけは、どうかご勘弁願います。守秘義務がありますのでね」

星と名乗った男が目を伏せた。城戸が相手の懐から名刺入れと運転免許証を取り出し、ペンライトで照らした。

「星滋という姓名に偽りはないですね。『あかつきリサーチ』という調査会社の調査員っすよ」

「そうか」

「警視庁の方たちを尾行するのは気が進まなかったのですが、依頼人の東京地検の……」

星が言いかけ、慌てて口を噤《つぐ》んだ。城戸が声を発した。

「主任、この旦那に少し受け身の仕方を教えてやってもいいっすか？　自分、しばらく柔道場で投げ技の練習をしてないんですよ」

「おまえはおとなしくしてろ。おれが、チョーク・スリーパーで星さんに少し寝《やす》んでいただくよ」

剣持は星の背後に回り込み、右腕を首に回した。力を込める。少し経つと、星が口を割った。

「い、依頼人は塩沢検察事務官ですよ」

「おれたちをいつから尾《つ》けてた？」

「一昨日《おととい》の午前中にあなたの自宅マンションの近くで張り込んで、その後はずっと……」

「塩沢は、なんでおれたちの動きを気にしてるんだ？」

剣持は畳みかけた。

「そのあたりに関することは、何もおっしゃりませんでした。ですけど、ご自分であなた方を尾行できない事情があったんでしょうね」

「依頼に訪れたのは塩沢自身だったのか？」

「いいえ、違います。塩沢さんの代理人と称する綺麗《きれい》な女性が会社に見えられて、剣持さんのお写真を持ってこられ……」

星がワイシャツの胸ポケットから、一葉《いちよう》の写真を抓《つま》み出した。

剣持は視線を延ばした。未咲を交えて三人で会食したときに盗み撮りされた写真だった。デジタルカメラで盗撮され、プリントアウトされたのだろう。

「その代理人は藤巻と名乗ったんじゃないのか？」

「いいえ、藤代《ふじしろ》真澄と称されました」

「一字だけ変えた偽名にしたんだな」

「塩沢さんと代理人は、どのような間柄なんでしょう？」

「不倫の仲だろうな」

剣持は右腕の力を抜いた。

4

寝室の照明が絞られた。

メインライトから、スモールライトに切り換えられたようだ。あるいは、ベッドの横のナイトスタンドが灯されたのか。

剣持は広尾の住宅街の路上に立ち、『広尾エルコート』の五〇三号室を見上げていた。

船木則文とハシム・シャリフの身柄を服部管理官に引き渡した三日後の午後八時過ぎである。船木とシャリフは翌日、捜査本部で厳しく取り調べられた。

だが、やはり二人は検事撲殺事件には関与していなかった。船木たちは別の所轄署に移送され、『ハッピーマリッジ』の千坂所長と一緒に他《た》の容疑で留置中だ。

極秘捜査班は昨夕、検察事務官の塩沢一輝が自宅のほかにマンションを借りていることを調べ上げた。

セカンドハウスは、密会用に借りたものらしい。塩沢は七カ月ほど前から週に一、二度、『広尾エルコート』の五〇三号室で甘やかな一刻《ひととき》を過ごしていたようだ。

チームがそのことを確認したのは、きょうの午前中である。

マンションの入居者たちの証言によると、真澄は部屋に泊まることは一度もなかったらしい。当然だろう。人妻が外泊するわけにはいかない。

独身の塩沢は五〇三号室に泊まることが多かったという。部屋を借りたのは検察事務官で、月の家賃は管理費を含めて十八万五千円だった。

塩沢の俸給は、それほど高くない。家賃は貯えで払ってきたのか。それは考えにくいだろう。剣持は、塩沢が問題の三事案の主犯格から口止め料をせしめていたのではないかと推測していた。単なる勘ではなかった。塩沢の不審な言動を分析すると、そう筋が読めてくる。

藤巻は相棒の塩沢の悪事に気づいたのではないか。それとも、勘づきそうになったのだろうか。

塩沢は藤巻の妻を寝盗《ねと》っていたこともあって、検事を葬《ほうむ》る気になったのではないか。といって、自分で自分の手を汚す気はなかった。塩沢は自分のアリバイを用意しておいて、何らかの方法で見つけた実行犯に藤巻を始末させたのではないか。

その前に検事を罠に嵌《は》めて、失職させようとした。しかし、その企みは成功しなかった。不倫と不正を隠し通すには、藤巻検事を抹殺するほかない。塩沢はそう考え、犯罪のプロを雇ったと思われる。

不倫カップルはベッドで濃厚な情事に耽《ふけ》るにちがいない。

剣持はプリウスに足を向けた。運転席には、雨宮梨乃が坐っていた。プリウスの数十メートル後方には、スカイラインが駐《と》まっている。

徳丸・城戸班は、数十分前まで『広尾エルコート』近くで張り込んでいた。二台の車はポジションを替えたのだ。

プリウスの五、六メートル手前で、私物のスマートフォンに着信があった。

剣持はスマートフォンを摑み出した。ディスプレイを見る。発信者は恋人の未咲だった。

「直樹さん、少し話してても平気?」

「ああ、大丈夫だよ」

「大学時代の後輩が遺産相続を巡って骨肉の争いになったとかで、うちの事務所に相談に訪れたの。その彼女、真澄と英文科で同じクラスだったのよ」

「そう。で？」

「その後輩の話だと、真澄はご主人に別れたいと切り出したそうなの。藤巻検事は冗談だと思ったらしく、まともに取り合ってくれなかったんだって。それで、真澄は離婚したいって強く言えなくなっちゃったみたいなの。彼女、わたしにはご主人とはうまくいってると言ってたんだけど、別の男性に心を奪われてしまったのかしら？　もしかしたら、不倫してて、その相手と一緒になりたかったのかもしれないな」

「藤巻真澄の不倫相手は検察事務官の塩沢一輝だよ」

剣持は少しためらったが、事実を告げた。

「本当なの!?」

「ああ。おれは隠れ捜査を続行して、そのことを知ったんだ。本部事件の被害者は、妻と仕事の相棒に裏切られてたんだよ」

「真澄がそんなことをしてたなんて……」

「夫は仕事熱心だったようだから、妻の不満に気づかなかったんだろうな。職場と家庭の両方で満点を採れる男なんて、めったにいるもんじゃない。奥さんは、完璧な夫を求めすぎたんじゃないのかな。別に藤巻検事の味方をするわけじゃないが、少し被害者が気の毒だね」

「他人が特定の夫婦のことをあれこれ言うのはよくないことだけど、客観的に見ると、真澄はわがままよね。いったいご主人の何が不満だったんだろう？　わたしには、よくわからないわ」

「それは当人にしかわからないことだろう」

「まさか不倫関係になった二人が、邪魔になった藤巻検事を亡き者にしたんではないでしょうね」

「実は、塩沢は密会用のマンションを広尾に借りてたんだよ。１ＬＤＫなんだが、家賃は安くないんだ」

「三十代前半の検察事務官の俸給では、セカンドハウスなんか借りられないでしょう？　真澄が家賃を払ってるんじゃない？」

「いや、塩沢が払ってる。それは確認済みなんだ」

「あっ、検察事務官は担当事案の立件材料を無断で処分して、被疑者たちから揉み消し料を貰ってたんじゃない？　真澄との仲を藤巻さんに疑われてたかどうかわからないけど、その不正を知られてしまったので、塩沢事務官は第三者に……」

未咲が言葉を濁した。

「おれは、塩沢が例の内偵中だった三事案の証拠品を職場から持ち出して焼却したんではないかと疑いはじめてるんだ」

「藤巻検事は、そのことに気がついた。それだから、やむなく塩沢検察事務官は真澄のご主人を誰かに金属バットで撲殺させたと疑えるわね」

「ああ」

「検察事務官の犯罪計画を真澄がまったく知らなかったとは考えにくいわよね。そんな怖い女だとは思わなかったわ。真澄はしおらしい顔で、早く夫を成仏させたいと直樹さんに犯人捜しをしてくれと言ったけど、そのことに裏というか、計算があったのね」

「多分、彼女は捜査の目を自分から逸らしたかったんだろう。むろん、塩沢のミスリード工作に協力するという目的もあったんだと思うよ。おそらく、その両方だったんだろうな」

「そうなら、真澄はれっきとした共犯者だわ。殺人教唆の主犯は塩沢だけど、真澄は共謀者よね」

「そうだな」

「真澄は、あなたとわたしをうまく利用したのね。赦《ゆる》せないわ。わたし、明日の朝にでも真澄の自宅に乗り込む」

「きみの怒りはわかるが、まだ事件《ヤマ》は落着してないんだ。いま未咲に被害者宅に乗り込まれたら、塩沢一輝に高飛びされる恐れがある」

「あっ、そうね」

「だから、まだ動かないでほしいんだ」

「わかったわ。直樹さん、ちょっと話を元に戻してもいい？」

「ああ」

「被害者は六月中旬、少女買春の疑いを持たれたのよね？　罠を仕掛けたのは塩沢だったのかな。だとしたら、なんとかという少女売春クラブのオーナーの門脇って男と接点があると思うの」

「そうだろうな」

「それから、ちょっと引っかかってることがあるの。藤巻検事が告発することになってた三つの内偵事案の立件材料を塩沢ひとりでうまく持ち出せるかしら？　もっと上層部の人間が塩沢検察事務官を操ってたとは考えられない？」

「塩沢のバックは、経済班の上司あたりなんだろうか」

「中間管理職なんかじゃなく、副部長クラスが揉み消しの中心人物だったとは考えられないかな？　たとえば、二人の副部長のどちらかが少しまとまったお金を工面しなければならない事情ができたんで、藤巻修平が起訴に持ち込もうと考えてた三つの事案の証拠品を処分する気になったとか……」

「特捜部の主役はあくまでもエリート検事たちで、検察事務官たちは手足に過ぎない。検察事務官の塩沢が問題の立件材料を単独で無断で持ち出すなんてことは難しいだろうな」

剣持は唸《うな》った。

「塩沢に刑務所に行くだけの覚悟があったら、そうした大胆なこともできるんじゃない？　でも、検察事務官は真澄にかなりのめり込んでたんでしょうから、犯罪がバレたら、彼女とは会えなくなる」

「そうだな」

「そうしたことを考えると、塩沢は上層部の誰かに分け前をやるからと巧みに抱き込まれて、立件材料を盗み出したのかもしれないわね」

「昔と違って、いまは検察庁の不祥事が多くなったからな。被疑者の供述書をでっち上げたり、調書を改ざんした検事もいる。金が欲しくて、事件の揉み消しを図る上層部がいる可能性はゼロじゃないだろう」

「ここ数年、特捜部の不祥事がつづいてるので、東京地検や大阪地検のイメージはだいぶ悪くなってるわ。特捜部を廃止すべきだという声さえ法曹界で聞こえはじめてるでしょ?」

「そのことは、おれも知ってるよ。しかし、警察の腐敗ぶりと較べたら、まだ検察庁は増しだよ。昔より数は減っただろうが、藤巻修平のような硬骨な熱血検事がいるだろうからな」

「そうなんでしょうね。だけど、法務本省を含めて検察社会もキャリア官僚支配の縦割り社会だから、正義感の塊《かたまり》みたいな検事が目を光らせてても、〝義〟が通らないこともあるはずよ。権力を握った連中は程度の差こそあっても所詮、世渡り上手だから、功利を無視できない。哀《かな》しいことだけど、それが現実でしょ?」

「その通りなんだが、おれは損得抜きで信念を貫き通そうとした藤巻修平のような不器用な男はいつの時代も必ず何人かはいると信じてる。そうした生き方には憧れるが、とても真似できない」

「直樹さんは、それに近い好漢だと思うわ。だから、わたしはあなたを好きになったのよ。この先も、わたしのヒーローでいて」

「小娘みたいなことを言うなって。照れるじゃないか」

「はにかむ直樹さんも素敵よ。それじゃ、またね」

　未咲が電話を切った。剣持はスマートフォンを耳から離した。

　いつの間にか、数メートル先に徳丸が突っ立っていた。

「美人弁護士とのテレフォンセックスがやっと終わったか」

「おれをからかうのはいいけど、テレフォンセックスは古すぎるでしょ？　そんな言葉が遣われたのは、数十年も前のことですから」

「いいじゃねえか。おれは、もうおっさんなんだから。テレフォンセックスは青春時代と直結してんだよ。長野から出てきて憧れの東京で大学生活をはじめたんだけど、いつも華やかさとは無縁だった。バイト代が入ると、テレクラに走ったもんだよ」

「徳丸《トク》さんも、昔は純情青年だったんだ。意外です」

「うるせえや。まだ十八、九だったんだ。方言を出さないよう気を配りながら、色っぽい女たちと際《きわ》どい会話を愉《たの》しんだ夜は実に幸せな気分だったよ。やっぱ、東京の女は違うなって思ったな」

「徳丸《トク》さんが喋ったテレクラ嬢は信州育ちだったのかもしれませんよ。訛《なまり》を直してバイトしてたんじゃないのかな」

「剣持ちゃん、夢を壊すなって。それはそうと、四人で『広尾エルコート』の五〇三号室のドアを開けさせて、塩沢を締め上げようや。ナニの最中に突入するのは野暮だろうけど、情事が終わるのはだいぶ先だと思うからな」

「そうでしょうね」

「例の立件材料を職場から持ち出して、塩沢は事件関係者から揉み消し料をせしめたにちがいねえよ。それを藤巻に覚られそうになったんで、検察事務官は犯罪のプロか誰かに藤巻を始末させたんだろう。検事の女房も喰っちまったから、どっちみち藤巻が邪魔だったのさ」

「いま五〇三号室に押し入って塩沢を揺さぶるのは賢明じゃないですね。塩沢を操ってるのは、東京地検の上層部の人間とも考えられますんで」

剣持は自分の推測を語った。

「なるほど、そうなのかもしれねえぞ。塩沢は一介の検察事務官だ。よく考えてみりゃ、塩沢の単独犯じゃなさそうだな」

「徳《トク》丸さん、もう少し塩沢の動きを探ってみましょう」

「そうするか」

徳丸が体の向きを変え、スカイラインに向かって歩きだした。剣持はプリウスの助手席に腰を沈め、未咲から得た新情報を梨乃に教えた。

「被害者の奥さんは離婚したがってたんですか。それなら、藤巻検事には未練はなかったんでしょうね。塩沢と一緒になりたかったとしたら、夫殺害計画に強く反対はしなかったんだろうな」

「ああ、おそらく」

「故人を早く成仏させたいと主任に個人的に犯人捜しを依頼したのは、自分が捜査圏外にいることを強調したかったのね。そして、主任を陽動作戦で引っかけたかったんでしょう。不倫相手が例の三事案のことを明かせば、主任が告発予定の事件関係者を洗うことは予想できますんで」

「そうだな。しかし、肝心の立件材料はすでに処分してる。藤巻にマークされてた連中が起訴される心配はない。おれは一杯喰わされたわけだ。お粗末だな」

「そんなことはありませんよ。主任は敵の策謀をちゃんと見破ったんですから」

「それにしても、回り道をさせられたことが忌々しいよ」

「でも、逆転できそうなんですから、そう悔しがることはないと思います。わたしたちの任務は事件の真相を暴くことなんです。犯人《ホシ》を突きとめられれば、それでいいんじゃないですか」

「そう思うことにしよう」

「塩沢は『ヴィーナス・クラブ』の門脇オーナーと何らかの繋がりがあって、金欲しさに藤巻検事を少女買春の客に仕立てようと初めは企んだんでしょうね。だけど、その作戦は失敗してしまった。で、結局は熱血検事の口を封じざるを得なくなったんでしょう」

「塩沢は、リカこと高梨麻美になりすましてた氏家留衣と何らかの繋がりがあるんだろう」

「ええ、そうでしょうね」

会話が熄んだ。

車内は沈黙に支配された。『広尾エルコート』から藤巻真澄が姿を見せたのは、午後十一時十分ごろだった。真澄はプリウスの横を通り抜け、大通りに向かっていた。タクシーを拾って、帰宅するつもりなのだろう。

剣持は徳丸のポリスモードを鳴らした。

ワンコールで通話可能状態になった。

「徳《トク》丸さん、城戸と一緒に真澄を追ってください。まっすぐタクシーで帰宅するだけだと思いますが、念のため……」

「あいよ。そっちと雨宮は、塩沢の動きをマークするんだな？」

「そうです」

「わかった」

徳丸が電話を切った。スカイラインが真澄を追尾しはじめた。

それから十五分ほど経過したころ、『広尾エルコート』の真ん前に四十絡みの男がたたずんだ。どことなく崩れた印象を与える。男は五階のあたりを見上げながら、スマートフォンを耳に押し当てた。

「彼、パトロンのいる女性とつき合ってるんじゃないかしら？　それで、パトロンが部屋にいなかったら……」

「間男《まおとこ》って感じじゃないな」

剣持は、部下の直感を認めなかった。梨乃は別に反論しなかった。

通話は短かった。数分が流れると、マンションのアプローチを歩いてくる男が剣持の視界に入った。なんと塩沢だった。

正体不明の男が生成《きな》りのジャケットの内ポケットから厚みのある封筒を取り出し、無言で塩沢に手渡した。塩沢は軽く頭を下げ、アプローチを逆にたどりはじめた。

四十年配の男が大通りに向かって歩きだした。

「男の正体を突きとめよう」

剣持は梨乃に声をかけた。梨乃が短く応じ、プリウスを低速で走らせはじめた。

男は大通りの手前で急に立ち止まった。上着の両ポケットに手を突っ込み、路面に何かを撒《ま》きはじめた。ベアリングボールか、金属鋲《びょう》だろう。

「対象者《マルタイ》は尾行に勘づいて、道路に金属鋲か何か撒いてる。雨宮、車を停めてくれ」

「はい」

梨乃がプリウスを急停止させた。

謎の男が背を見せて駆けはじめた。剣持は急いで助手席から降りた。早くも男は大通りに達し、右に曲がってしまった。剣持は走るスピードを上げた。路面一杯に落ちているのは、先の尖《とが》った金属鋲だった。

大通りにぶつかった。

剣持は右に折れた。前方には、まるで人影は見えない。札束入りの封筒を塩沢に渡した四十男は、近くの暗がりで息を殺しているのではないか。

剣持は静かに進みながら、闇を透かして見た。だが、どこにも男は潜んでいなかった。

5

ナイトテーブルの上で刑事用携帯電話《ポリスモード》が鳴った。

剣持は眠りを破られた。自宅マンションの寝室である。

帰宅したのは午前三時過ぎだった。それまで剣持は梨乃と『広尾エルコート』の近くで張り込んでいた。

しかし、塩沢は五〇三号室から一歩も出なかった。来訪者もいなかった。

藤巻真澄を追尾した徳丸・城戸班は捜査対象者が港区内にある官舎に戻ったのを見届け、それぞれ帰宅した。剣持は真澄を張り込む気でいた二人の部下を先に塒《ねぐら》に戻らせたのだ。

眠い。寝不足だった。

剣持は手探りでポリスモードを掴み上げた。薄目を開けて、ディスプレイを見る。

午前八時七分前だ。発信者は二階堂理事官だった。

眠気が消し飛ぶ。剣持は跳《は》ね起き、ポリスモードを耳に当てた。

「何か緊急事態が発生したんですね？」

「塩沢一輝が藤巻真澄を道連れにして、焼身自殺を遂げた」

「なんですって⁉」

「現場は多摩川の河川敷で、巨人軍グラウンドから二百メートルほど下った所らしい。土手道には、塩沢名義の白いセレナが駐めてあったそうだ。グローブボックスには、パソコンで打たれた塩沢の遺書が入ってたという話だったよ」

「理事官、遺書の内容を教えてください」

「いいとも。自分は尊敬してた藤巻検事の妻を誘惑し、一年以上も不倫の関係をつづけてきた。真澄も夫を裏切ったことで自分を責めつづけている。背徳の罪は死で償うべきだと思い、無理心中することにした。そういったことしか綴《つづ》られていなかったが、セレナの車内には血痕のこびりついた金属バットが入ってたらしい。バットに塩沢の指掌紋は付着してなかったそうだが、ＤＮＡ鑑定で血痕は藤巻検事のものと判明したというんだ。塩沢は、雇った実行犯から預かった凶器のバットをずっと自分の車のトランクに隠しといたんだろうな」

「二階堂さん、その筋の読み方は不自然ではありませんか。塩沢に雇われた者が検事を撲殺したんなら、自分で凶器を処分すると思うんですよ。犯行前から自分の指紋と掌紋は付かないようにしてたにちがいありませんから、川や池に投げ捨てても足のつく心配はないはずです。わざわざ代理殺人の依頼人に凶器を渡すとは、常識的に言って、おかしいですよ」

「普通はそうだね。しかし、塩沢は検察事務官だった。犯行に使われた凶器を自分の手許に置いておかないと、なんとなく不安だったんじゃないのか。たとえ捜査本部が実行犯を割り出して殺人《コロシ》の依頼人が塩沢だと自供しても、凶器が出てこなければ、すぐに殺人教唆で逮捕されたりしない。少なくとも、逮捕状が裁判所から下りるまで時間稼ぎはできるじゃないか」

二階堂が言った。深読みしている気もしたが、剣持は理事官の推測を否定はできなくなった。

「塩沢は真澄を河川敷に誘い出し、隙を見て灯油かガソリンをぶっかけて火を点けたんですね？」

「撒《ま》いたのは灯油だったそうだ。塩沢は真澄が炎に包まれたのを見届けると、すぐに焼身自殺を遂げたようだね。救急車とレスキュー車が現場に着いたときは、もう二人とも黒焦げ状態だったらしい。遺体はきょうの十時過ぎには玉川署から東京都監察医務院に運ばれ、一応、司法解剖されることになったんだ。塩沢が検事殺しに絡んでる疑いが濃いんでね」

「思ってても見ない展開になったたな。塩沢が真澄と一緒に高飛《ジャンプ》びするとは予想してたんですが……」

「わたしも驚いてるよ。鏡課長もびっくりされてた」

「そうでしょうね」

「正午前後には解剖所見が出るだろうから、三人のメンバーに声をかけてアジトで待機しててくれないか」

「わかりました」

剣持は通話を切り上げた。徳丸、城戸、梨乃の順に電話をかける。三人の部下たちは驚きを隠さなかった。

剣持は未咲にも電話をして、藤巻真澄が無理心中の犠牲になったことを伝えた。

「真澄がもうこの世にいないだなんて、信じられないわ。ああ、なんてことなの」

「ショックだろうな。夫を裏切ってたんだが、真澄はきみの後輩だったんだから」

「直樹さん、心中に見せかけた他殺とは考えられないかしら？　真澄は子供のころからカトリック信者だったのよ。カトリックでは、自殺は罪深いと教えてるわ」

「未咲、落ち着けよ。藤巻真澄は自ら死を選んだんじゃない。塩沢に灯油をぶっかけられて、火を放たれたんだ」

「ええ、そうだったわね。でも、不倫相手だった塩沢は彼女がカトリック信者であることを知ってたはずよ。そんな相手を道連れにして心中するかしら？　不倫相手のことを少しでも想ってるんだったら、塩沢は自分ひとりで焼身自殺したんじゃない？」

未咲が言った。剣持は曖昧な応じ方をしたが、無理心中を装った殺人という可能性もあると思いはじめていた。

パソコンで打たれた塩沢の遺書もわざとらしいが、セレナの車内にあった金属バットも何やら作為的だ。塩沢に問題の三事案の立件材料を処分させた謎の人物が、二人の命を奪ったとは考えられないだろうか。

剣持はそこまで推測し、小さく溜息をついた。

謎の人物が塩沢の不倫相手まで片づける必要はなさそうだ。仮に他殺だったとしたら、本部事件の首謀者と思われる人物はどうして藤巻検事の妻まで葬らなければならなかったのか。

剣持は考えつづけた。

真澄が亡くなった夫から内偵捜査中の三事案のことを聞いているかもしれないという強迫観念に取り憑《つ》かれ、亡き者にしたのだろうか。だとしても、塩沢と一緒に始末するのは妙だ。筋の読み方が正しくないのだろう。

塩沢と真澄は本当に不倫の仲だったのか。そう見せかけていただけだとしたら、検察事務官はダミーの浮気相手ということになる。それならば、真の不倫相手は誰なのか。藤巻修平の同僚検事か、上司なのかもしれない。単なる臆測では動きようがなかった。

剣持は寝室を出て、洗面所に向かった。

顔を洗い、朝食の用意をする。といっても、コーヒーを淹《い》れ、ハムエッグをこしらえただけだ。トーストにバターをたっぷりと塗り、コンパクトなダイニングテーブルに着く。

剣持は朝食を摂ると、手早く食器を洗った。

浴室に入り、少し熱めのシャワーを浴びる。剣持は頭髪と体を入念に洗い、ついでに髭も剃《そ》った。気分がさっぱりとした。

剣持は朝刊に目を通してから、身繕いに取りかかった。

部屋を出たのは十時過ぎだった。寝不足のせいか、やけに陽光が眩《まぶ》しい。電車を乗り継いで西新橋に行くのは、少々かったるい。

剣持は代々木上原駅の近くで、タクシーの空車を拾った。

『桜田企画』に着いたのは、およそ三十分後だった。部下は誰も来ていなかった。

剣持は真っ先に空調装置を作動させ、事務フロアのソファに坐った。

セブンスターを二本喫《す》い終えたとき、城戸がアジトに顔を見せた。コンビニエンスストアの白いビニール袋を抱えている。

「ペットボトルを買ってきたんすよ。みんなの分もあるっす」

城戸は二本の冷えた麦茶のボトルをコーヒーテーブルの上に置くと、残りを冷蔵庫に仕舞った。

「貰うぞ」

剣持はペットボトルを手に取って、キャップを外した。城戸が向き合う位置に腰を落とす。

「きのう、もっと張り込んでればよかったたっすね。おそらく塩沢は、主任たちが『広尾エルコート』の前から消えた後に真澄の自宅に行って外に連れ出したんでしょう。セレナに乗った二人はファミレスかどこかで何時間か過ごして、多摩川の河川敷に降りたんだと思うっすね。二人は藤巻修平を裏切ってたわけっすから、心中するほかなかったんでしょ？」

「いや、心中に見せかけた他殺臭いんだよ」

剣持は言って、麦茶のボトルを傾けた。

「他殺だったんすか!?」

「まだ断定はできないが、おれはそう睨んでる」

「どうしてそう筋を読んだんすか？」

　城戸が問いかけてきた。剣持は自分の推測を語った。

「主任にそう言われたら、他殺と思えてきたな。塩沢は職場の誰かに協力する形で例の証拠物件を処分して、真澄の不倫相手の振りをしてたんすかね？」

「おれの読みでは、そうだな」

「被害者の同僚検事が真澄と不倫をしてて、三事案を揉み消した謝礼に汚れた金を受け取ってたんですかね？」

「塩沢を操ってたのは、藤巻と同格の検事じゃなさそうだな。副部長のどちらかか、磯村部長あたりなんだろう」

「磯村部長は五十二、三っすよね。真澄とは二十歳ほど年齢差があるな」

「五十代の前半なら、まだ男盛りだ。部下の美しい妻に言い寄ったとしても、別に不思議じゃない」

「そうですけど、東京地検特捜部の部長といったら、大物検事っすよ。そんな磯村が例の三事案の揉み消しをするかな」

「何か切羽《せっぱ》詰まった事情があったら、やるかもしれないぞ。磯村到は藤巻の妻に手を出したことを内偵捜査中の対象者に知られ、告発や起訴を断念しろと脅迫されてたとも考えられるんじゃないか」

「あっ、そうですね。で、塩沢に立件材料を処分させた。その前から、ダミーの不倫相手を演じさせてたのか。そうなのかもしれないっすね」

城戸がペットボトルの栓を抜き、麦茶をダイナミックに飲んだ。その直後、梨乃がやってきた。

「冷蔵庫に雨宮の分の麦茶が入ってるよ」

城戸が言った。梨乃が礼を言い、冷蔵庫に歩み寄った。ペットボトルを取り出し、彼女は巨漢刑事のかたわらに浅く腰かけた。

「予想外の流れになりましたね」

「そうだな」

剣持は、城戸に喋ったことを繰り返した。

梨乃は黙って聞くだけで、何も言わなかった。自分の筋の読み方は間違っているのだろうか。剣持の自信は少し揺らいだ。

徳丸がアジトに顔を出したのは十一時四十分ごろだった。

「剣持ちゃん、遅くなっちまったな。きのう、『はまなす』にちょっと寄ったんだよ。

あまり客がいなかったんで、おれ、売上に協力してやったんだ。そっちと電話で喋った後、うっかり……」

「また寝ちゃったんですね？」

「そうなんだよ。悪い、悪い！」

「徳丸さん、本当に悪いと思ってるんすか？」

城戸が明るく絡み、冷蔵庫に向かった。

徳丸が苦く笑って、剣持の隣に坐る。城戸が戻ってきた。徳丸の前に麦茶のペットボトルを置いて、梨乃と並ぶ。

「城戸の差し入れか？」

「そうっす」

「たまには気の利くことをするじゃねえか。まさか青酸カリを入れたんじゃないだろうな」

徳丸が毒づいて、麦茶をラッパ飲みした。ペットボトルの半分近くを喉に流し込んだ。

「徳丸《トク》さん、よっぽど喉が渇いてたみたいですね」

「そうじゃねえんだ。せっせと水分を摂って、体内のアルコールを薄めようと思ったんだよ。それはそうと、剣持ちゃんが電話でちょっと言ってたが、無理心中を装った他殺なのかね？」

「そう疑えるんですよ」

剣持は、そう推測した根拠を詳しく話した。

「結構、説得力があるな。剣持ちゃんの筋読みはビンゴなんだろう。で、塩沢を動かしてたのは磯村部長なのかい？」

「疑いは濃いんですが、まだ確証はないんですよ」

「そうか」

徳丸が口を結んだ。

数分後、二階堂理事官と鏡課長が打ち揃って秘密刑事部屋を訪れた。剣持は三人の部下を目顔で促した。メンバーがうなずく。

チームの四人は奥の会議室に移った。

例によって、剣持たち四人は窓側に横一列に並んだ。二階堂と鏡がテーブルの向こう側に腰を落とした。

「司法解剖の結果はどうでした？」

剣持は、理事官と課長の顔を等分に見た。先に口を開いたのは鏡課長だった。

「無理心中に見せかけた他殺と判明したよ。焼身なら、故人の気管、肺、食道の粘膜に煤煙《ばいえん》が付着してるはずだ。だが、二人は煤《すす》を吸ってなかったんだよ。心臓内血液からも、一酸化炭素へモグロビンは出なかった。塩沢一輝と藤巻真澄は、死後に河川敷で焼かれたにちがいない」

「やっぱり、そうでしたか。で、死因はなんだったんです？」

「頸部《けいぶ》圧迫による窒息死だよ、二人とも。真澄の頸骨は折れてた。死亡推定時刻は、きょうの午前四時半から同六時の間とされた。後は理事官に説明してもらう」

「わかりました」

剣持は二階堂に顔を向けた。部下たちが倣う。

「玉川署の初動で、午前四時十五分ごろに現場近くの土手道に塩沢名義のセレナが停まってるのを散歩中の地元男性が目撃していることがわかった。運転席には黒いスポーツキャップを目深に被った四十歳前後の男が坐ってたらしい。後部座席の二人は頭からタオルケットを被って寝てる様子だったんで、性別もわからなかったというんだ」

「その二人は、すでに殺された塩沢と藤巻真澄だったんでしょう」

「剣持君が言った通りだろうね。車内にポリタンクは見当たらなかったというから、加害者が持ち去ったんだと思う」

「地元署長が臨場したとき、タオルケットとポリタンクは消えてたんですね？」

「そうなんだ。スポーツキャップの男が遺体に火を点けてから、どちらも持ち去ったにちがいない。土手道から百数十メートル離れた路上に不審車輌が駐めてあったという証言もあるから、犯人はその黒いティアナで逃走したんだろうね。目撃者は残念ながら、ティアナのナンバーまでは見てなかったそうだ」

「そうですか。そのスポーツキャップの男は昨夜《ゆうべ》、『広尾エルコート』の前で札束入りと思われる封筒を塩沢に渡した奴なのかもしれないな」

「見れば、その男のことはわかるね？」

「ええ。きのう、逃げた男は平凡な勤め人なんかじゃないでしょう。路面に金属鋲を撒いて、追尾を妨害しました」

「組員なんだろうか」

「やくざではないでしょうが、プロの犯罪者と思われます」

「そうなのかもしれないね。それから、玉川署の鑑取《かんど》りで塩沢が異性には関心がないことが判明した。同性愛者だったんだよ。複数の友人たちからも同じ証言を得たそうだから、それは間違いないだろう。つまり、塩沢は真澄と不倫の間柄じゃなかったわけだ。ダミーの彼氏を演じてただけなんだろう」

「思った通りだったな。塩沢を操ってた人物が真澄の本当の不倫相手で、おそらくそいつはスポーツキャップを被ってた四十年配の男に藤巻検事を殺《や》らせたんでしょう。それ以前に本部事件の被害者を少女買春の客に仕立てようとしたにちがいありません」

「剣持君、首謀者に目星はついてるようだな」

「確信はありませんが、おおよその見当はついています。おそらく藤巻検事の上司でしょう。その人物はまとまった金が必要になったんで、藤巻修平が内偵捜査してた三つの事案の揉み消しを引き受けて、塩沢に証拠物件をこっそり処分させたにちがいありません」

「疚《やま》しいことをしてた連中から多額の揉み消し料を貰ってたんだろうね、その黒幕は」

「ええ、そうなんでしょう」

「被害者の上司は小者じゃないはずだ。面倒なことにならないよう、上手に親玉を袋小路に追い込んでくれないか」

「その点はご安心ください。うまく一連の事件の首謀者を追い込みます」

「大変だろうが、もうひと頑張りしてくれないか」

鏡が剣持たち四人の顔を順に見てから、二階堂の肩を軽く叩いた。

二階堂がうなずき、先に椅子から立ち上がった。鏡課長も腰を浮かせ、理事官の後から会議室を出ていった。

「二人の副部長の私生活を洗って真澄と接点がなかったら、特捜部の磯村部長に揺さぶりをかけてみよう。ブラックジャーナリストに化けてもいいな」

剣持は部下たちに言って、上着のポケットから煙草と使い捨てライターを摑み出した。


静かだった。

夜の砧《きぬた》公園である。世田谷区内にある広い公園だ。平らな緑地が広く、その周りに大小の樹木が植わっている。

剣持は喬木《きょうぼく》に身を添わせ、暗視双眼鏡を目に当てていた。

夜間でも物がくっきりと見える。最新型で、赤外線は使われていない。真昼と同じように人や物が鮮明に映る。

公園のほぼ中央に、徳丸が立っていた。東京地検特捜部の磯村到部長を待っているのだ。あと数分で、午後十時になる。

チームの四人は二班に分かれ、夕方まで二人の副部長の交友関係や私生活を調べた。どちらも疑わしい点はなかった。

剣持は徳丸にブラックジャーナリストの振りをさせ、磯村に揺さぶりをかけさせたのだ。元スリ係刑事が藤巻の死に上司の部長が関与していると口にしたとたん、磯村はひどく狼狽《ろうばい》したらしい。

　そして、徳丸に三千万円の口止め料を砧公園内で午後十時に手渡ししたいと申し出たという。磯村が罠を仕掛ける気になったことは読み取れた。チームはあえて罠に嵌まり、一連の事件の真相に迫る気になったのだ。

　部下の城戸と梨乃は、園内と園外を見回り中だった。磯村が刺客《しかく》を差し向けることは予想できた。刺客を生け捕りにして雇い主が磯村であることを吐かせる作戦だった。

　下生えを踏む足音が耳に届いた。

　剣持は暗視双眼鏡を覗き込みながら、反射的に顔を動かした。近づいてくるのは城戸だった。

「不審者はどこにもいないっすね。それから、公園の中に磯村はいませんでした」

「そうか。公園から少し離れた場所に磯村はいるのかもしれないぞ」

「そうなら、雨宮が見つけてくれると思うっすよ。特捜部長は狙撃者だけをこの公園に差し向けて、自宅で待機してるんじゃないんですかね」

「そうなのかもしれないな」

「殺し屋《プロ》が狙撃の名手だったら、楽観できないな。徳丸さんがアラミド繊維製の防弾・防刃胴着《ボディーアーマー》を装着してることを見抜いて、頭部を狙うに決まってる」

「おれもそう思ったんで、こっちが電話をかけたブラックジャーナリストに扮すると何度も言ったんだが……」

「徳丸さんはチームの最年長者ですから、いいとこを見せたいんだと思うっすよ。でも、射撃術は上級じゃない。銃撃戦になったら、危《ヤバ》いっすよね」

「おれが掩護《えんご》射撃して、徳《ト》丸《ク》さんを逃がすよ。おまえは公園の外にいる雨宮と一緒に不審者がいないかどうかチェックしてくれ」

剣持は言った。城戸が顎を引き、剣持から離れた。

それから十分ほど経ったころ、緑地の左手に人影が見えた。

剣持はレンズの倍率を最大にした。スポーツキャップを被った男には、見覚えがあった。塩沢に札束入りの封筒を手渡した男だ。

徳丸が男に気がつき、小型懐中電灯を点滅させた。

スポーツキャップの男が足を速めた。徳丸が男に向かって歩きだした。二人の距離が三十メートル前後になったとき、重い銃声がこだました。

徳丸が後方に倒れた。

反撃する様子はうかがえない。顔面か、頭部を撃たれたのか。

剣持は心配しながら、緑地に躍り出た。ショルダーホルスターからグロック32を引き抜き、スライドを引く。

スポーツキャップの男が体の向きを変え、剣持に銃弾を放った。硝煙が拡散する。五、六メートル先に着弾した。跳弾の行方は確認できなかった。

剣持はジグザグを切りながら、敵との間合いを詰めはじめた。

数秒後、銃声が夜気《やき》を劈《つんざ》いた。発砲したのは徳丸だった。左の大腿に被弾したスポーツキャップの男が倒れた。

すぐに男は半身を起こし、徳丸に撃ち返した。弾《たま》は、徳丸のコルト・ディフェンダーを弾き飛ばした。徳丸が慌《あわ》てて身を伏せる。

男が剣持に向き直った。

剣持はスタンディング・ポジションで、グロック32の引き金《トリガー》を絞った。手首に反動《キック》が伝わってきた。狙ったのは男の右肩だった。的は外さなかった。

スポーツキャップの男が斜め後ろに倒れる。転んだ弾みで、帽子が地べたに落ちた。

剣持は男に走り寄って、そばに転がっているハイポイント・コンパクトを蹴った。アメリカ製の小型拳銃だが、四十五口径だ。

「剣持ちゃん、大丈夫か？」

徳丸が駆け寄ってきた。撃ち落とされたコルト・ディフェンダーを握っている。

「やるじゃないですか。徳《トク》丸さん、死んだ振りして相手を油断させたんでしょ？」

「そう。こっちは射撃があまりうまくねえから、まともに撃ち合ったって勝ち目はないだろ？」

「で、頭脳プレイで勝負したわけですか」

剣持は徳丸に言って、屈み込んだ。グロック32の銃口を男の額に突きつける。

「あんたが磯村に頼まれて、藤巻修平、塩沢、真澄の三人を殺《や》ったんだなっ」

「なんの話なんだ？」

相手がせせら笑った。剣持は銃口をずらし、男の左の外耳の端を撃った。男が体を丸めて、長く唸った。

「いまのは暴発だ」

「ふざけやがって。くそっ」

「また、暴発しそうだな。銃口を心臓部に移そうか」

「やめろ！」

「名前は？」

「百瀬《ももせ》、百瀬航《わたる》だよ」

「昔、自衛官《エイカン》をやってたのか？」

剣持は矢継ぎ早に質問した。

「いや、三年前まで厚労省で麻薬取締官《マトリ》をやってた」

「冗談はよせ」

「本当だよ。関東信越厚生局麻薬取締部に所属してたんだ。だけど、ミイラ取りがミイラになってしまったんだよ」

「覚醒剤《シャブ》に手を出したんだな？」

「そうなんだ。惚れてたクラブ歌手の薬物中毒をなんとか治してやろうと思ったんだが、禁断症状で苦しむ姿を見てるのが辛くなって、つい押収した包み《パケ》を与えてしまったんだよ。そのとき、ついでにおれも覚醒剤《シャブ》を体に入れることになったんだ」

「で、てめえは懲戒免職になったんだな？」

徳丸が口を挟んだ。

「いや、免職にはならなかったし、起訴もされなかった。磯村さんが厚労省の事務次官に裏から働きかけて、おれの不始末を揉み消してくれたんだよ。そんな借りがあったんで、磯村さんの頼みを断れなかったんだ。それに、便利屋じゃ稼ぎがよくなかったんで、金も欲しかったんだよ」

「磯村とは、どういう関係なんでえ？」

「血縁はないんだが、遠縁に当たるんだ」

「そういう繋がりがあったのか」

「くそっ、血が止まらない」

百瀬が呻きはじめた。血の臭いが漂っている。

「磯村は藤巻真澄をいつ寝盗ったんだ？」

剣持は百瀬に問いかけた。

「二年ぐらい前だよ。磯村さんはもっともらしい口実で真澄を割烹旅館に呼びつけて、力ずくで姦《や》っちゃったんだ。それで犯されたことを夫に知られたくなかったら、自分の愛人になれと脅迫したんだよ。磯村さんの妻は元検事総長のひとり娘なんだ。岳父《がくふ》は法曹界の重鎮だから、磯村さんは真澄との不倫を隠す必要があったんだよ」

「で、ゲイの検察事務官をダミーの浮気相手に仕立てたわけか」

「そうだよ。塩沢はいつか副検事にしてやるという話を真に受けて磯村さんの言いなりになって、藤巻修平が告発する気でいた事案の立件材料をすべて処分した。ばかな奴さ」

「磯村は『東都建工』、関東誠仁会の石岡総長、浪友会の企業舎弟、警視庁の田宮主任監察官、警察庁の喜多川首席監察官、それから東京出入国在留管理局の船木たちから採み消し料もせしめてたんだろ？」

「ああ、それぞれから五千万円から一億円巻き揚げたみたいだな」

「磯村は株取引か何かで大きな損失を出したんで、金を工面しなければならなかったのか？」

「そうじゃないよ。藤巻真澄が慰謝料を含めた手切れ金を四億円も要求してきたらしいんだ。彼女は夫を裏切った詫び料として大金を渡して、離婚する気だったみたいだな」

「磯村は四億円の手切れ金を払うのが惜《お》しくなったんだろうな」

「だと思うよ。だから、おれに三人の邪魔者を一億二千万円の成功報酬で始末してくれと言ってきたんだろう。藤巻を殺《や》る前に少女買春の客に仕立てたんだが、免職にはならなかった。知り合いに紹介された少女売春婦が強引にナニしてれば、検事を殺す必要もなかったんだが……」

「金は貰ったのか？」

「近いうちに払ってくれることになってた。今夜の汚れ仕事の代金を含めて一億五千万円を貰えることになってたんだよ」

「悪運も尽きたな」

「おたくらは警視庁の落ちこぼれチームなんだろ？　磯村さんに頼んで五千万ずつ口止

め料を払ってもらうから、何も知らなかったことにしてくれないか」

百瀬が言った。

剣持は、銃把《グリップ》の底で百瀬の額を打ち据えた。百瀬が体を左右に振った。剣持は立ち上がった。

そのとき、城戸と梨乃に両腕を取られた磯村が接近してきた。うつむいている。

「公園から二百メートルぐらい離れた車の中にいました」

梨乃が報告した。

「そうか。倒れてる実行犯が全面自供したんだ。一連の事件の首謀者は磯村だったよ」

「ええ、本人も犯行を認めました」

「わたしは逃げも隠れもしない」

磯村が立ち止まって、剣持に告げた。

「だから？」

「生き恥を晒したくないんだ。きみの拳銃を貸してくれないか。この場で頭を撃ち抜くよ」

「卑怯な男だ」

「惻隠《そくいん》の情《じょう》をかけてくれてもいいだろうが！」

「甘ったれるなっ」

剣持はグロック32をホルスターに収めると、磯村の顔面に右のストレートパンチをぶち込んだ。相手の肉と骨が鈍く鳴った。

二人の部下が、ほぼ同時に横に動いた。磯村は棒のようにぶっ倒れた。

「服部管理官に連絡してくれ」

剣持は梨乃に命じた。美人刑事がポリスモードを取り出した。城戸が磯村の上体を引き起こし、後ろ手錠を打つ。

「これで、佳苗っぺの店で祝杯上げられるな。剣持ちゃん、今夜はとことん飲もうや」

徳丸が手錠を摑み、百瀬を荒っぽく引き起こした。

剣持は笑みを浮かべた。達成感に包まれていた。

本書は二〇一三年八月光文社より刊行されました。
（『罠の女　警視庁極秘捜査班』改題）

本作品はフィクションであり、実在の個人・団体とは一切関係がありません。（編集部）

実業之日本社文庫　最新刊

伊兼源太郎
ブラックリスト　警視庁監察ファイル
容疑者は全員警察官——逃亡中の詐欺犯たちが次々と変死。警察内部からの情報漏洩はあったのか。ブラックリストが示す組織の闇とは⁉（解説・香山二三郎）
い13 2

岩城裕明
呪いのカルテ　たそがれ心霊クリニック
30歳で死ぬ呪いを解くため悪霊を食べる医者？　日本で唯一の心霊科を掲げる恵介には、幽霊を見られる相棒が…。この恐怖は、泣ける！（解説・織守きょうや）
い19 1

宇佐美まこと
少女たちは夜歩く
魔界の罠にはまったら逃げられない——森の中で不可解な悲劇に見舞われる人々。悪夢を見た彼らに救いの時は？　戦慄のホラーミステリー！（解説・東 雅夫）
う7 1

菊川あすか
君がくれた最後のピース
母を亡くして二年、家族のため気丈に頑張ってきた大学生の智子。報われない毎日が嫌になり旅に出るが…。時空を越え、愛されることの奇跡を描いた感涙物語！
き5 1

草凪 優
冬華と千夏
近未来日本で、世界最新鋭セックスAIアンドロイドがデビュー。人々は快楽に溺れる。仕掛け人は冬華。著者渾身のセクシャルサスペンス！（解説・末國善己）
く6 9

今野 敏
罪責　潜入捜査〈新装版〉
廃棄物回収業者の責任を追及する教師と、その家族にヤクザが襲いかかる。元刑事が拳ひとつで環境犯罪に立ち向かう熱きシリーズ第4弾！（解説・関口苑生）
こ2 17

沢里裕二
桃色選挙
野球場でウグイス嬢をしていた春奈は、突然の依頼で市議会議員に立候補。セクシーさでは自信のある彼女はノーパンで選挙運動へ。果たして当選できるのか⁉
さ3 14

実業之日本社文庫　最新刊

中山七里
ふたたび嗤う淑女
金と欲望にまみれた〝標的〟の運命を残酷に弄ぶ、投資アドバイザー・野々宮恭子。この女の目的は……人気悪女ミステリー、戦慄の第二弾！（解説・松田洋子）
な５２

早見 俊
女忍び　明智光秀くノ一帖
卓越した性技をもち、明智光秀を支える「白蜜党」。武田信玄を守る名器軍団「望月党」。両者は最終決戦へ。新聞連載時より話題沸騰、時代官能の新傑作！
は７２

南 英男
罠の女　警視庁極秘指令
熱血検事が少女買春の疑いをかけられ停職中に金属バットで撲殺された。極秘捜査班の剣持直樹は、検事を罠にかけた女、自称〈リカ〉の行方を探るが――!?
み７20

木宮条太郎
水族館ガール８
いつまでも一緒にいたい――絶滅危惧種の保護問題に直面しつつ、進む由香と梶の結婚準備にさらなるハードル。そしてアクアパークにまたもや存続の危機が？
も４８

遊歩新夢
三日後に死ぬ君へ
過去を失った少女と、未来に失望した青年。ふたりの宿命的出会いが奇跡を起こす!?　切なすぎる日々の果てに待っていたものは…。怒濤のラストは号泣必至！
ゆ３１

吉田雄亮
北町奉行所前腰掛け茶屋　片時雨
名物甘味に名裁き？　貧乏人から薬代を強引に取り立てる医者町仲間と呼ばれる集まりが。彼らの本当の狙いとは？　元奉行所与力の老主人が騒動解決に挑む！
よ５８

実業之日本社文庫 み 7 20

罠《わな》の女《おんな》 警視庁極秘指令《けいしちょうごくひしれい》

2021年8月15日　初版第1刷発行

著　者　南 英男《みなみひでお》

発行者　岩野裕一
発行所　株式会社実業之日本社
〒107-0062　東京都港区南青山5-4-30
CoSTUME NATIONAL Aoyama Complex 2F
電話 [編集]03(6809)0473 [販売]03(6809)0495
ホームページ　https://www.j-n.co.jp/
DTP　ラッシュ
印刷所　大日本印刷株式会社
製本所　大日本印刷株式会社

フォーマットデザイン　鈴木正道(Suzuki Design)

＊本書の一部あるいは全部を無断で複写・複製（コピー、スキャン、デジタル化等）・転載することは、法律で認められた場合を除き、禁じられています。
また、購入者以外の第三者による本書のいかなる電子複製も一切認められておりません。
＊落丁・乱丁（ページ順序の間違いや抜け落ち）の場合は、ご面倒でも購入された書店名を明記して、小社販売部あてにお送りください。送料小社負担でお取り替えいたします。
ただし、古書店等で購入したものについてはお取り替えできません。
＊定価はカバーに表示してあります。
＊小社のプライバシーポリシー（個人情報の取り扱い）は上記ホームページをご覧ください。

©Hideo Minami 2021　Printed in Japan
ISBN978-4-408-55685-7（第二文芸）